# 思ひ出の記

小泉節子

小泉セツ（節子）
（小泉家所蔵）

解説

# 小泉セツと「思ひ出の記」

小泉　凡

小泉セツは、一八六八（慶応四）年二月四日に、松江藩士小泉湊《みなと》と妻チエの次女として、松江市南田町に生まれました。節分に生まれたことから、「セツ」と名付けられました。子どものいない遠戚の稲垣家との間で、次に小泉家で子どもが生まれたら稲垣家の養子にするという約束が交わされていたことから、セツはお七夜の頃に稲垣家に連れていかれ、稲垣金十郎・トミの養女として大切に育まれます。しかし、明治維新の混乱の中、士族の商法で事業に失敗した稲垣家の家計は苦しく、勉強好きで成績もよかったセツは小学校の上等教科進学を諦めざるを得なくなり、何日も泣き明かしたと言います。一方で、日ごろから物語を聴くのが大好きだったセツは大人を見つけてはお話をせがみ、いつしか語り部の素養を身につけ、このことが未来の夫との絆を深めることになるのです。

下等教科を卒業後は、機織りに励み家計をささえ、十八歳の時、鳥取の士族前《まえ》田為二《だためじ》を婿養子に迎えますが、経済的理由と厳格な家風に馴染めないこともあり、為二は出奔。一八九〇（明治二十三）年一月に離婚届が受理され、セツは小泉家へ復籍します。

セツがラフカディオ・ハーン（のちの小泉八雲、松江ではヘルンと呼ばれる）に出会うのは、一八九一（明治二十四）年初頭の頃と思われます。一八九〇（明治二十三）年八月末に島根県尋常中学校・師範学校の英語教師として松江に赴任したハーンは、初めて松江で迎える豪雪の冬に、気管支炎を患い寝込んでしまいます。その後、周囲がハーンの不自由さを見かねたのか、ハーンが当初滞在していた富田旅館の女中お信《のぶ》の紹介と西田千太郎《にしだせんたろう》教頭の仲介で、セツが世話係としてハーンのもとへ行きます。しだいにハーンはセツを信頼し、夫婦として生活を共にするようになります。「鳥取のふとん」という悲話をセツが語ったことがきっかけで、ハーンは語り部の素養を見出し、リテラリー・アシスタントとしての役割がセツに与えられるのです。その後、一八九六（明治二十九）年二月、ハーンはセツと正式に入夫婚姻を果たし、日本国籍を取得して「小泉八雲」となります。

セツの外国人への違和感の希薄さについて、後述するワレットとの出会いのエピソードのほかにも、こんな体験がありました。子どもの頃、松江郊外の縁結びの占いで知られる八重垣神社の鏡の池に友だちと出かけたセツは、友人たちの占い用紙がすぐに近くに沈んだのに対し、ひとり池の奥へと紙が漂い流れてから沈んだというのです。外国人との結婚の予兆とも思えるエピソードです。

四人の子どもにも恵まれ、新宿・西大久保の家でハーンが一九〇四（明治三十七）年九月二十六日に旅立った後も、セツは未亡人として約二十七年間、趣味の謡曲や茶道を楽しむ穏やかな日々を送ります。そして、一九三二（昭和七）年二月十八日、セツはハーンと暮らした家で、孫たちに見守られながら六十四歳の生涯を閉じました。いまも雑司ヶ谷の八雲の墓の傍らに静かに眠っています。

小泉セツの六十四年の生涯を見ると、夫とともに過ごしたのは約十三年八ヶ月。それはハーンに出会うまでの二十三年、ハーン没後の二十七年に比べると短いですが、おそらく彼女が最も生き甲斐を感じ美しく輝いていた時期だったのでしょう。語りに育まれたこと、極貧、結婚生活の破綻など、セツとハーンには共通する境涯がありました。だからこそふたりが、カタストロフィ（惨事）を力に変えて前向きに、喜びに満ちた人生を送ることができたのかもしれません。

「思ひ出の記」は、小泉セツ（節子）がハーンとともに過ごした十三年余りの日々を、夫の没後に回想した記録です。正確にいえば、セツが「記した」のではなく、口述筆記。小泉家の遠縁にあたり、ハーンのアシスタントをつとめていた三成重敬《みなりしげゆき》がセツから丹念にハーンの思い出を聞き出し、美しく達意な文体で筆録したものです。長男の一雄《かずお》は出版前に「思ひ出の記」の草稿を携えて坪内逍遥《つぼうちしょうよう》を訪ね、一読を依頼したところ「感涙した」と言われたそうです。この回想録に高い文学的評価を見出す人も多く、後に夏目鏡子《なつめきょうこ》『漱石の思い出』の刊行にも影響を与えたことは、同書の筆録者松岡譲《まつおかゆずる》が記しています。三成重敬は、もともと松江出身の法学者梅謙次郎《うめけんじろう》の推薦と紹介により、またハーンの書生だった玉《たま》木《き》光栄《あきひで》の仲介もあり、小泉家に出入りするようになった人物で、日本の歴史・文化・芸術に関して深い造詣をもっていました。

「思ひ出の記」執筆の経緯は、ハーンの親友のエリザベス・ビスランドとミッチェル・マクドナルドの依頼によるもので、セツの回想の一部は英訳され、ビスランドの著書『ラフカディオ・ハーンの生涯と書簡』（*The Life and Letters of Lafcadio Hearn*, 一九〇六）に収められました。日本語では、田部《たなべ》隆次《りゅうじ》『小泉八雲』（早稲田大学出版部、一九一四年）にはじめて全文が収められ、その後、第一書房の『小泉八雲全集』の別冊（一九二七年）をはじめ、さまざまな書籍に収録されています。

このたび、ハーンの没後百二十年、代表作『怪談』出版から百二十年を迎え、松江市の小泉八雲記念館では企画展「小泉セツ、ラフカディオ・ハーンの妻として生きて」を開催しています。その準備が佳境を迎えていたころ、奇しくも、二〇二五年秋に始まるNHKの朝ドラ「ばけばけ」でセツが主人公のモデルになることが決まりました。セツは、言うまでもなくハーンの怪談作品の語り部であり、夫の再話文学創作については最大の功労者だと言えます。『怪談』の原話の大半は、セツが古書店で求めた怪談奇談集から語ったものです。また今年（二〇二四年）、小泉八雲記念館は開館九十周年を迎えましたが、ハーンの文机や椅子など記念館の主要な展示品の小泉家からの移管についてもセツの尽力が欠かせませんでした。そこで、この機会にセツの「思ひ出の記」をより広く現代社会に紹介すべく、読みやすい体裁で刊行することになりました。

また、本書に収録した「オヂイ様のはなし」「幼少の頃の思い出」は出版された「思ひ出の記」には入らなかったセツの手記で、所蔵者の池田記念美術館のご厚意により、このたびはじめて、全文を翻刻するものです。なお、「幼少の頃の思い出」というタイトルは草稿では無題ですが、翻刻に際してつけたものです。

「オヂイ様のはなし」は、松江藩の江戸詰家老であったセツの母方の祖父塩見《しおみ》増右衛門《ますえもん》が「出羽守《でわのかみ》やんちゃ殿様」といわれた九代藩主松平斉貴《まつだいらなりたけ》公を、腹を切って諫《いさ》めたという塩見家の口伝で、その祖父の無縁となった墓を東京で探しだし、墓参を果たしたセツの喜びもあわせて語られています。

「幼少の頃の思い出」には、大好きだった乳母の思い出と、フランス人ワレットと実父である小泉湊が行う軍事教練を眺めていたセツが、ワレットの目に留まり、小さな虫眼鏡をもらったことにより、外国人への違和感が和らぎ、ハーンとの結婚の重要な伏線に至るという興味深いエピソードが語られています。「私がもしもワレットから小さい虫眼鏡をもらっていなかったら、後年ラフカヂオ・ヘルンと夫婦になる事もあるいはむずかしかったかもしれぬ」という一文には、セツとハーンが結ばれる運命的なプロローグを感じます。

さて、私が生まれ育った、東京・二子玉川の小さな家の一番奥に、狭い三畳の部屋がありました。そこには、ハーン自身が使用し、ハーンの著作が収められた本棚と、姿見、そして壁面には数人の外国人の肖像が掲げてありました。彼らは、一九〇四年九月、三十六歳のセツが夫に先立たれた時に、親身になって小泉家に手を差し伸べてくれた人たち。ハーンの親友のミッチェル・マクドナルドとエリザベス・ビスランド、そして日本学者で『古事記』の英訳者であるバジル・ホール・チェンバレンなどです。

当時、私の家族が皆で使っていた姿見はセツが愛用したもので、濡れ手ぬぐいをかけていたフレームの右側だけが色褪せていました。また、私が小学生の時、サッカーボールをぶつけてこの鏡を割った時の「しまった！」感は今も体に残っています。私はセツには会ったことがありませんが、この姿見を通して子どものころから、曾祖母セツの気配だけは感じていました。

「思ひ出の記」は、セツの人生のいわばクライマックス期の、妻として、リテラリー・アシスタントとして、誰よりもハーンの身近にいた家族としてのかけがえのない回想記です。

本書の出版に際し、翻刻をお許しくださった池田記念美術館様と、私たちの提案をポジティブに受け止め、心を込めて編集作業に取り組んでくださったハーベスト出版の沖田知也さんに厚く御礼申し上げます。

（小泉八雲記念館館長・小泉セツ曾孫）

解説
小泉セツと「思ひ出の記」　小泉凡　4
思ひ出の記　15
オヂイ様のはなし　103
幼少の頃の思い出　113
脚注　122
小泉家関係系図　126
年譜　128

思ひ出の記

ヘルン(1)が日本に参りましたのは、明治二十三年の春でございました。ついて間もなく会社との関係を絶ったのですから、遠い外国で便り少ない独りぽっちとなって一時はずいぶん困ったろうと思われます。出雲の学校へ赴任する事になりましたのは、出雲が日本でごく古い国で、いろいろ神代の面影が残っているだろうと考えて、辺鄙《へんぴ》で不便なのをも心にかけず、俸給も独り身の事であるからたくさんは要らないから、赴任したようでした。

伯耆《ほうき》(2)の下市《しもいち》に泊まって、その夜盆踊りを見て大層面白かったといいますから、米子《よなご》から船で中海《なかうみ》を通り松江の大橋の河岸につきましたのは八月の下旬でございます。その頃東京から岡山あたりまでは汽車がありましたが、それからさきは米子まで山また山で、泊まる宿屋も実にあわれなものです。村から村で、松江に参りますと、いきなり綺麗な市街となりますので、旅人には皆目のさめるように驚かれるのです。大橋の上に上ると東には土地の人の出雲富士と申します伯耆の大《だい》山《せん》が、遥かに富士山のような姿をしてそびえております。大橋川がゆるゆるその方向へ流れて参ります。西の方は湖水と天とぴったり溶けあって、静かな波の上に白帆が往来しています。小さい島があってそこには弁天様の祠《ほこら》があって松が五、六本はえています。ヘルンにはまずこの景色が気に入ったろうと思われます。

松江の人口は四万程ございました。家康公の血を引いた直政《なおまさ》という方が参られまして、その何代か後に不昧公《ふまいこう》と申す殿様がありましたが、そのために家中の好みが辺鄙に似合わず、風流になったと申します。

学校は中学(3)と師範(4)の両方を兼ねていました。中学の教頭の西田(5)と申す方に大層お世話になりました。二人は互いに好き合って非常に親密になりました。ヘルンは西田さんを全く信用してほめていました。「利口と、親切と、よく事を知る、少しも卑怯者の心ありません、私の悪い事、皆いってくれます、本当の男の心、お世辞ありません、と可愛らしいの男です」。お気の毒な事にはこの方はご病身で始終苦しんでいらっしゃいました。「ただあの病気、いかに神様悪いですねー私立腹」などといっていました。また「あのような善い人です、あのような病気参ります、ですから世界むごいです、なぜ悪き人に悪き病気参りません」。東京に参りましても、この方の病気を大層気にしていました。西田さんは、明治三十年三月十五日に亡くなられました。亡くなった後までも「今日途中で、西田さんの後姿見ました、私の車急がせました、あの人、西田さんそっくりでした」などと話した事があります。似ていたのでなつかしかったといっていました。早稲田大学に参りました時、高田さんが、(6)どこか西田さんに似ているといって、大層喜んでいました。

この時の知事は籠手田《こてだ》さんでした。(7)熱心な国粋保存家という事でした。ゆったりしたお大名のような方で、撃剣《げっけん》がお上手でした。この時にはいろいろと武士道の嗜《たしな》みとも申すべき物が復興されまして、撃剣とか槍《やり》とかの試合だの、昔風の競馬だの行われまして、士族の老人などは昔を思い出すといって、喜んでいました。この籠手田さんからも、大層優待されまして、すべてこんな会へは第一に招待されました。

ヘルンは見る物聞く物すべて新しい事ばかりですから、いちいち深く興《きょう》に入りまして、何でも書き留めておくのが、楽しみでした。中学でも師範でも、生徒さんや職員方から、好かれますし、土地の新聞もヘルンの話などを掲げて賞讃しますし、土地の人々は良い教師を得たというので喜びました。「ヘルンさんはこんな辺鄙に来るような人でないそうな」などとなかなか評判がよかったのです。

しかし、ヘルンは辺鄙なところ程好きであったのです。東京よりも松江がよかったのです。日光よりも隠岐《おき》がよかったのです。日光は見なかったようです。松江に参りましてからは行った事がございませんから。日光は見たくないといっていました。しかし、行ってみればとにかくあの大きい杉の並木や森だけは気に入ったろうと思われます。

私の参りました頃には、一脚のテーブルと一個の椅子と、少しの書物と、一着の洋服と、一かさねの日本服くらいの物しかございませんでした。

学校から帰るとすぐに日本服に着替え、座蒲団に座って煙草を吸いました。食事は日本料理で、日本人のように箸で食べていました。何事も日本風を好みまして、万事日本風に日本風にと近づいて参りました。西洋風は嫌いでした。西洋風となるとさも賤《いや》しんだように「日本に、こんなに美しい心あります、なぜ、西洋の真似をしますか」という調子でした。これは面白い、美しいとなると、もう夢中になるのでございます。

松江では宴会の席にも度々《たびたび》出ましたし、自宅にも折々学校の先生方を三、四名も招きまして、ご馳走をして、いろいろ昔話や、流行歌を聞いて興じていました。日本服を好きまして、羽織袴《はおりはかま》で年始の礼に廻り、知事の宅で昔風の式で礼を受けて喜んだ事もございました。

松江に参りまして、当分材木町の宿屋に泊まりました。しかし、しばらくで急いで他に転居する事になりました。事情はほかにもあったでしょうが、重なる原因は、宿の小さい娘が眼病を煩《わずら》っていましたのを気の毒に思って、早く病院に入れて治療するようにと親に頼みましたが、宿の主人はただはいはいとばかりいって延引きしていましたので「珍しい不人情者、親の心ありません」といって、大層怒ってそこを出たのでした。それから末次本町《すえつぐほんまち》と申すところのある物もちの離れ座敷に移りました。しかし「娘少しの罪ありません、ただ気の毒です」といって、自分で医者にかけて、全快させてやりました。自分があの通り目が悪かったものですから、目は大層大切に致しまして、長男の生まれる時でも「よい目をもってこの世に来て下さい」といって大心配でした。目の悪い人にひどく同情致しました。宅の書生《しょせい》さんが書物や新聞を下に置いて伏して読んでいましてもすぐ「手に持ってお読みなさい」と申しました。

この材木町の宿屋を出ましてから末次に移りまして、私が参りまして間のない事でございました。ヘルンの一国《いっこく》な気性(8)で困った事がございました。隣家へ越して来た人が訪ねて参りました。その人はヘルンが材木町の宿屋にいた頃やはりその宿にいた人で、隣り同志になった挨拶かたがた「キュルク抜き(9)」を借りに見えたのでした。挨拶がすんでから、ヘルンは「あなたは材木町の宿屋にいたと申しましたね」といいますとその人は「はい」と答えました。ヘルンはまた「それではあの宿屋の主人のお友達ですか」と申しましたら、その人はまた何心なく「はい、友達です」と答えますと、ヘルンは「あの珍しい不人情者の友達、私は好みません。さようなら、さようなら」と申しまして奥に入ってしまいます。その人は何の事やら少しもわからず、困っていましたので、私が間へ入って何とか言い分け致しましたが、その時はずいぶん困りました。

この末次の離れ座敷は、湖に臨んでいましたので、湖上の眺望がことに美しくて気に入りました。

しかし私と一緒になりましたので、ここでは不便が多いというので、二十四年の夏の初めに、北堀《きたほり》と申すところの士族屋敷に移りまして一家を持ちました。私共と女中と小猫とで引越しました。この小猫はその年の春いまだ寒さの身にしむ頃の事でした。ある夕方、私が軒端に立って、湖の夕方の景色を眺めていますと、すぐ下の渚で四、五人のいたずら子供が、小さい猫の子を水に沈めては上げ、上げては沈めしていじめているのです。私は子供達に、お詫びをして宅につれて帰りまして、その話を致しますと「おお、かわいそうの小猫むごい子供ですねー」といいながら、そのびっしょり濡れてぶるぶるふるえているのを、そのまま自分の懐《ふところ》に入れて温めてやるのです。その時私は大層感心致しました。

北堀の屋敷に移りましてからは、湖の好い眺望はありませんでしたが、市街の騒々しいのを離れ、門の前には川が流れて、その向こうの森の間から、お城の天守閣の頂上が少し見えます。屋敷は前と違い、士族屋敷ですから上品で、玄関から部屋部屋の具合がよくできていました。山を背にして、庭がありますこの庭が大層気に入りまして、浴衣で庭下駄で散歩して、喜んでいました。山で鳴く山鳩《やまばと》や、日暮れ方にのそりのそりと出てくる蟇《がま》がよいお友達でした。テテポッポ、カカポッポと山鳩が鳴くと松江では申します、その山鳩が鳴くと大喜びで私を呼んで「あの声聞きますか、面白いですね」。自分でも、テテポッポ、カカポッポと真似して、これでよいかなどと申しました。蓮池《はすいけ》がありまして、そこへ蛇がよく出ました。「蛇はこちらに悪意がなければ決して悪い事はしない」と申しまして、自分のお膳の物を分けて「あの蛙取らぬため、これをご馳走します」などといってやりました。「西印度《にしいんど》(10)にいます時、勉強しているとよく蛇が出て、右の手から左の手の方に肩を通って行くのです。それでも知らぬ風をして勉強しているのです。少しも害を致しませんでした。悪い物ではない」といっていました。

私が申しますのは、少し変でございますが、ヘルンはごく正直者でした。微塵《みじん》も悪い心のない人でした。女よりも優しい親切なところがありました。ただ幼少の時から世の悪者共にいじめられて泣いて参りましたから、一国者で感情の鋭敏《えいびん》な事は驚く程でした。

伯耆の国に旅しました時、東郷《とうごう》の池という温泉場で、まず一週間滞留の予定でそこの宿屋へ参りますと、大勢の人が酒を呑んで騒いで遊んでいました。それを見ると、すぐ私の袂《たもと》を引いて「だめです、地獄です、一秒でさえもいけません」と申しまして、宿の者共が「よくいらっしゃいました、さあこちらへ」と案内するのに「好みません」というのですぐにそこを去りました。宿屋も、車夫も驚いているのです。それはガヤガヤと騒がしい俗な宿屋で、私も嫌だと思いましたが、ヘルンは地獄だと申すのです。嫌いとなると少しも我慢致しません。私はまだ年も若い頃ではあり、世馴れませんでしたから、この一国には毎度弱りましたが、これはヘルンのごくまじりけのないよいところであったと思います。

その頃の事です、出雲の加賀《かか》浦の潜戸《くけど》に参りました時です。潜戸は浦から一里余も離れた海上の巌窟《がんくつ》でございます。ヘルンは大層泳ぎ好きでしたから、船の後になり先になりして様々の方法で泳いで私に見せて大喜びでございました。洞穴に船が入りますと波の音が妙に巌に響きまして恐ろしいようです。岩の間からポタリポタリと滴が落ちます。船頭は石で舷《げん》をコンコンと叩くのです。これは船が来たと魔に知らせるためだと申します。その音がカンカンと響きまして、チャポンチャポンと何だか水に飛びこむ物があります。船頭はいろいろ恐ろしいような、哀れなような、ものすごいような話を致しました。ヘルンは先程着た服をまた脱ぎ始めるのです。船頭は「旦那そりゃ、いけません、恐ろしい事です」と申します。私も「こんな恐ろしいような伝説のあるところには、何か恐ろしい事が潜んでいるから」と申して諫《いさ》めるのです。ヘルンは「しかし、この綺麗な水と、蒼黒く何万尺あるか知れないように深そうなところ、大層面白い」というので、泳ぎたくてならなかったのですが、遂に止《や》めました。ヘルンは止めながら大不平でした。残念というので、翌日まで物もいわないで、残念がっていました。数日後の話に「皆人が悪いというところで、私泳ぎましたが過ちありません。ただあの時、ある時海に入りますと体が焼けるようでした。間もなく熱がひどく出ました。それと、ああ、あの時です、二人で泳ぎました、一人は急に見えなくなりました。同時に大きな鮫《さめ》の尾が私のすぐ前に出ました」と申しました。

松江の頃はまだ年も若く中々元気でした。西印度の事を思い出してよく私に「西印度を見せてあげたいものだ」と申しました。

二十四年の夏休みに、西田さんと杵築《きづき》の大社(11)へ参詣致しました。ついた翌日、私にもすぐ来てくれと手紙をくれましたので、その宿に参りますと、両人共海に行った留守でした。お金は靴足袋に入れてほうり出してありまして、銀貨や紙幣がこぼれ出ているのです。ヘルンは性来、金には無頓着《むとんちゃく》の方で、それはそれはおかしいようでした。勘定なども下手でした。そのような俗才は持ちませんでした。ただ子供ができたり、自分の体が弱くなった事に気がついたりしてから、遺族の事を心配し始めました。大社の宮司は西田さんの知人でありまして、ヘルンの日本好きの事を聞いていますから、大層優待して下さいました。盆踊りが見たいと話しますと、季節よりも少し早かったのでしたが、わざわざ何百人という人を集めて踊りを始めて下さいました。その人々も皆大満足で盆踊りをしてくれました。もっともこの踊りはあまり陽気で、盆踊りではない、豊年踊りだとヘルンが申しました。この旅行の時、ヘルンが「君が代」を教わりまして、私共三人でよく歌いました。子供のように無邪気なところがありました。

　二週間ばかりの後、松江に帰り盆踊りの季節に近づいたので、ヘルンと私と二人で案内者も連れないで、伯耆の下市に盆踊りを見に参りました。西田さんは京都へ旅を致されました。私共ただ二人で長旅を致したのはこれが初めてでした。下市へ参りまして昨年のちょうど今頃、赴任の時泊まりました宿屋をたずねて、踊りの事を聞きますと「あの、今年は警察から、そんな事は止めよ、といって差し止められました」との事で、ヘルンは失望して、不興でした。「駄目《だめ》の警察です、日本の古い、面白い習慣をこわします。皆耶蘇《やそ》(12)のためです。日本の物こわして西洋の物真似するばかりです」といって大不平でした。

この時には、到るところ盆踊りをさがして歩きました。さきに申しました東郷の池のさわぎもこの時の事でした。ようやく盆踊りを見つけて参ります、と反対に西洋人が来たというので踊りそこのけにして、いたずらに砂をかける者がある。あとから謝罪に来るというような珍事もございました。出雲に帰りましたのは、八月の末で、京都から帰られた西田さんと三人で旅行の話を致しまして愉快でした。これは一月程の旅行でしたが、このほか一日がけの旅はよく致しました。

出雲は面白くてヘルンの気に入ったのですが、西印度のような熱いところに慣れたあとですから、出雲の冬の寒さにはずいぶん困りました。その頃の松江には、いまだストーブと申す物がありませんでした。学校では冬になりましても、大きい火鉢が一つ教場に出るだけでした。寒がりのヘルンは西田さんに授業中、寒さに困る事を話しますと、それならば外套《がいとう》を着たままで、授業をなさいとの事でした。この時一着のオーバーコートを持っていましたが、それは船頭の着る物だといっていましたが、それを着ていたのです。好みはあったのですが、服装などはその通り無雑作で構いませんでした。

熊本で始めて夜、二人で散歩致しました時の事を今に思い出します。ある晩へルンは散歩から帰りまして「大層面白いところを見つけました、明晩散歩致しましょう」との事です。月のない夜でした。宅を二人で出まして、淋しい路を歩きまして、山の麓《ふもと》に参りますと、この上だというのです。草のぼうぼう生えた小笹などの足にさわる小路を上りますと、墓場でした。薄暗い星光りにたくさんの墓がまばらに立っているのが見えます、淋しいところだと思いました。するとヘルンは「あなた、あの蛙の声聞いて下さい」というのです。

また熊本にいる頃でした。夜散歩から帰った時の事です。「今夜、私淋しい田舎道を歩いていました。暗い闇《やみ》の中から、小さい優しい声で、あなたが呼びました。私あっといって進みますとただ闇です。誰もいませんでした」など申した事もございます。

熊本にいました頃、夏休みに伯耆から隠岐へ参りました。隠岐では二人で大概の浦々を廻りました。西郷《さいごう》、別府《べっぷ》、浦《うら》の郷《ごう》、菱浦《ひしうら》、皆参りました。菱浦だけにも一週間以上いました。西洋人は初めてというわけで、浦郷などでは見物が全く山のようで、宿屋の向かいの家のひさしに上って見物しようと致しますと、そのひさしが落ちて、幸いに怪我人がなかったが、巡査が来るなどという大騒ぎがありました。西郷では珍客だと申すので病院長が招待して下さいました。ヘルンはこの見物騒ぎにずいぶん迷惑致しましたが、私を慰め励ますために、平気を装って「こんな面白い事はない」などと申していましたが、書物にはやはり困ったように書いていているそうでございます。御陵にも詣でました。後醍醐《ごだいご》天皇の行在所の黒木山へも参りました。その側の別府と申すところでは菓子がないので、代わりに茶店で、「いり豆」を出したのを覚えています。

帰りに伯耆の境港《さかいみなと》で偶然盆踊りを見ましたが、元気な漁師達の多い事ですから、足を踏んでも、手を打ってもえらい勢いですから、ヘルンはここで見た盆踊りは、一番勇ましかったといつも申しました。杵築のは陽気な豊年踊り、下市のはお精霊を慰める盆踊り、境のは元気の溢れた勇ましい踊りだと申しました。

それから山越しに、伯耆から備後《びんご》の山中で泊まった事をいつも思い出します。ひどい宿でございましたが、ヘルンには気に入りました。車夫の約束は、山を越えまして三里程さきで泊まるというのでしたが、路が方々こわれていたので途中で日が暮れてしまったのです。山の中を心細く夜道を致しました。そろそろ秋ですから、いろいろの虫が鳴いているのです。山が虫の声になってしまっているようで、それでしんとして淋しうございました。「この近くに宿がないか」と車夫にたずねますと「もう少し行くと人家が七軒あって一軒は宿屋をするから、そこで勘忍して下さい」と申すのです。車が宿に着きましたのが十時頃であったと覚えています。宿というのが小さい田舎家で気味の悪い宿でした。行灯《あんどん》は薄暗くて、あるじは老人夫婦で、上り口に雲助《くもすけ》のような男が三人何か話しています。二階に案内されたのですが、婆さんが小さいランプを置いて行ったきり、上って来ません。あの二十五年の大洪水のあとですから、流れの音がえらい勢いでゴウゴウと恐ろしい響きをしています。大層な螢《ほたる》で、家の内をスイスイと通りぬけるのです。

折々ポーッポーッと明るくなるのです。肱掛窓《ひじかけ》にもたれていますと顔や手にピョイピョイ虫が何か投げつけるように飛んで来て当たるのです。ずいぶんひどい虫でした。膝《ひざ》の近くに来て、松虫が鳴いたりするのです。下の雲助のような男の声が、たまに聞こえます。はしご段がギイギイと音がすると、あの悪者が登って来るのではないかなどと、昔話の草双紙の事など思い出して心配していました。婆さんがお膳を持って上って来ました。あの虫は何という虫ですかとたずねますと「へい夏虫でございます」といって平気でいるのです。実に淋しい宿で、夢を見ているようでございました。ヘルンは「面白い、もう一晩泊まりたい」といっていました。箱根あたりの、何から何まで行き届いた西洋人に向く宿屋よりも、こんなのがかえって気に入りました。それですから、私が同意致したら、隠岐の島で海の風に吹かれてまだまだ長くいたでございましょう。飛騨《ひだ》の山中を旅してみたい、とよく申しておりましたが、果たしませんでした。

神戸から東京に参ります時に、東京には三年より我慢むつかしいと私に申しました。ヘルンはもともと東京は好みませんで、地獄のようなところだと申していました。東京を見たいというのが、私のかねての望みでした。ヘルンは「あなたは今の東京を、廣重《ひろしげ》の描いた江戸絵のようなところだと誤解している」と申していました。私に東京見物をさせるのが、東京に参る事になりました原因の一つだといっていました。「もう三年になりました。あなたの見物がすみましたら田舎に参ります」と申した事も度々ありました。

神戸から東京に参りましたのは、二十九年の八月二十七日でした。大学に官舎があるとかいう事でしたが、なるべく学校から遠く離れた町はずれがよいと申しまして、捜して頂きましたけれども良いところがございませんでした。

この時です、牛込《うしごめ》あたりでしたろう。一軒貸家がありまして、大層広いとの話で、二人で見に参りました事がございました。二階のない、日本の昔風な家でした。今考えますと、いずれ旗本《はたもと》の住んでおられたという家でしたろうと存じます。お寺のような家でした。庭もかなり広くて大きな蓮池がありました。しかし門を入りますから、もう薄気味の悪いような変な家でした。ヘルンは「面白いの家です」といって気に入りましたが、私にはどうもよくない家だと思われまして、止める事に致しましたが、後で聞きますと化物屋敷で、家賃はだんだんと安くなって、とうとうこわされたとかいう事でした。この話を致しますと、ヘルンは「ああ、ですから何故、あの家に住みませんでしたか。あの家面白いの家と私思いました」と申しました。

富久町《とみひさ》に引き移りましたが、ここは庭はせまかったのですが、高台で見晴しのよい家でございました。それに瘤寺《こぶ》という山寺のお隣であったのが気に入りました。昔は萩《はぎ》寺とか申しまして萩がなかなかようございました。お寺は荒れていましたが、大きい杉がたくさんありまして淋しい静かなお寺でした。毎日朝と夕方は必ずこの寺へ散歩致しました。度々参りますので、その時のよい老僧とも懇意になり、いろいろ仏教のお話など致しまして喜んでいました。それで私も折々参りました。

日本服で愉快そうに出かけて行くのです。気に入ったお客などが見えますと、「面白いのお寺」というので瘤寺に案内致しました。子供等も、パパさんが見えないと「瘤寺」という程でございました。

よく散歩しながら申しました。「ママさん私この寺にすわる、むつかしいでしょうか」。この寺に住みたいが何かよい方法はないだろうかと申すのです。「あなた、坊さんでないですから、むつかしいですね」「私坊さん、なんぼ、幸せですね。坊さんになるさえもよきです」「あなた、坊さんになる、面白い坊さんでしょう。目の大きい、鼻の高い、よい坊さんです」「同じ時、あなた比丘尼《びくに》となりましょう。一雄[13]小さい坊主です。いかに可愛《かわい》いでしょう。毎日経読むと墓を弔《とむら》いするで、よろこぶの生きるです」「あなた、ほかの世、坊さんと生まれて下さい」「ああ、私願うです」

ある時、いつものように瘤寺に散歩致しました。私も一緒に参りました。ヘルンが「おお、おお」と申しまして、びっくり驚きましたから、何かと思って、私も驚きました。大きい杉の樹が三本、切り倒されているのを見つめているのです。

「何故、この樹切りました」「今このお寺、少し貧乏です。金欲しいのであろうと思います」「ああ、何故私に申しません。少し金やる、むつかしくないです。私樹切るよりいかにいかに喜ぶでした。この樹幾年《いくとせ》、この山に生きるでしたろう、小さいあの芽から」といって大層な失望でした。「今あの坊さん、少し嫌いとなりました。坊さん、金ない、気の毒です、しかしママさん、この樹もうもう可哀《かわい》そうなです」と、さも一大事のように、すごすごと寺の門を下りて宅に帰りました。書斎の椅子に腰をかけて、がっかりしているのです。「私あの有様見ました、心痛いです。今日もう面白くないです。もう切るないとあなた頼み下され」と申していましたが、これからはお寺にあまり参りませんでした。間もなく、老僧は他の寺に行かれ、代わりの若い和尚さんになってからどしどし樹を切りました。それから、私共が移りましてから、樹がなくなり、墓がのけられ、貸家などが建ちまして、全く面目《めんぼく》が変わりました。ヘルンのいう静かな世界はとうとうこわれてしまいました。あの三本の杉の樹の倒されたのが、その始まりでした。淋しい田舎の、家の小さい、庭の広い、樹木のたくさんある屋敷に住みたいとかねがね申していました。瘤寺がこんなになりましたから、私は方々捜させました。西大久保に売り屋敷がありました。全く日本風の家で、あたりに西洋風の家さえありませんでした。

私はいつまでも、借家住まいで暮らすよりも、小さくとも、自分の好きなように、一軒建てたいと申しますと、「あなた、金ありますか」と申しますから「あります」と申します。「面白い、隠岐の島で建てましょう」といつも申します。私は反対しますとそれでは「出雲に建てておきましょう」と申しますから、全く土地まで捜した事もありました。しかし私はそれほど出雲がよいとも思いませんでしたから、ついこの西大久保の売屋敷を買って建増しをする事に、とうとうなったのでございます。

かねてヘルンは、まじりけのない日本の真ん中で生きる好きというのでしたから、自分でその家と近所の模様を見に参りました。町はずれで、後に竹籔のあるのが、大層気に入りました。建増しをするについては、冬の寒さには困らないように、ストーブをたく室が欲しい。また書斎は、西向きに机を置きたい。ほかに望みはない。ただ万事、日本風にというのでした。このほかには何も申しませんでした。何か相談を致しましても「ただこれだけです。あなたの好きしましょう。よろしい。私ただ書く事少し知るです。ほかの事知るないです。ママさん、なんぼ上手します」などといって相手になりません。しいて致しますと「私、時もたないです」と申しまして、万事私に任せきりでございました。「もう、あの家、よろしいの時、あなたいいましょう。今日パパさん、大久保においで下されｏ私この家に、朝さようならします。と、大学に参る。よろしいの時、大久保に参ります、あの新しい家に。ただこれだけです」と申しまして、本当にこの通りに致しました。時間を取るという事が大嫌いでした。

西大久保に引き移りましたのは、明治三十五年三月十九日でした。万事日本風に造りました。ヘルンは紙の障子《しょうじ》が好きでしたが、ストーブをたく室の障子はガラスに致しただけが、西洋風です。引き移りました日、ヘルンは大喜びでした。書棚に書物を納めていますし、私は傍に手伝っていますと、富久町よりは家屋敷は広いのと、その頃の大久保は今よりずっと田舎でしたのとで、至って静かで、裏の竹籔で、鶯《うぐいす》がしきりにさえずっています。「いかに面白いと楽しいですね」と喜びました。また「しかし心痛いです」と申しますから「何故ですか」と問いますと「あまり喜ぶのあまりまた心配です。この家に住む事永いを喜びます。

しかし、あなたどう思いますか」などと申しました。

ヘルンは面倒なおつき合いを一切避けていまして、立派な方が訪ねて参られましても、「時間を持ちませんから、お断り致します」と申し上げるようにと、いつも申すのでございます。ただ時間がありませんでよいというのですが、玄関にお客がありますと、第一番に書生さんや女中が大弱りに弱りました。

人に会ったり、人を訪ねたりするような時間をもたぬ、といっていましたが、そのような交際の事ばかりでなく、自分の勉強を妨げたりこわしたりするような事から、一切離れて潔癖者のようでございました。

私は部屋から庭から、綺麗に、毎日二度ぐらいも掃除せねば気のすまぬ性ですが、ヘルンはあのバタバタとはたく音が大嫌いで、「その掃除はあなたの病気です」といつも申しました。学校へ参ります日には、その留守中に綺麗に片付けて、掃除しておくのですが、在宅の日には朝起きまして、顔を洗い食事を致します間にちゃんとしておきました。このほか掃除をさせて下さいと頼みます時には、ただ五分とか六分とかいう約束で、承知してくれるのです。その間、庭など散歩したり廊下をあちこち歩いたりしていました。

交際を致しませぬのも、偏人《へんじん》のようであったのも、皆美しいとか面白いとかいう事をあまり大切に致しすぎる程に好みますからでした。このために、独りで泣いたり怒ったり喜んだりして全く気ちがいのようにも時々見えたのです。ただこんな想像の世界に住んで書くのが何よりの楽しみでした。そのために交際もしないで、一分の時間も惜しんだのでした。「あなた、自分の部屋の中で、ただ読むと書くばかりです。少し外に自分の好きな遊びして下さい」「私の好きの遊び、あなたよく知る。ただ思う、と書くとです。書く仕事あれば、私疲れない、と喜ぶです。書く時、皆心配忘れるですから、私に話し下され」

「私、皆話しました。もう話持ちません」「ですから外に参り、よき物見る、と聞く、と帰るの時、少し私に話し下され。ただ家に本読むばかり、いけません」

その書く物は、非常な熱心で進みまして、少しでも、その苦心を乱すような事がありますと、当人は大層な苦痛を感じますので、常々戸の明けたてから、廊下の足音や、子供の騒ぎなど、一切ヘルンの耳に入れぬようにと心配致しました。その部屋に参りますにも、煙草をのんで、キセルをコンコンと音をさせている時とか、歌を歌って室内を散歩している時を選ぶようにしていました。そうでない時は、呼んでもわからぬ事もあるかと思えば、ごく小さい音でもひどく感ずる事もありました。何事につけこの調子でございました。

西大久保に移りましてから、家も広くなりまして、書斎が玄関や子供の部屋から離れましたから、いつでもコットリと音もしない静かな世界にしておきました。それでも箪笥《たんす》を開ける音で、私の考えこわしました、などと申しますから、引き出し一つ開けるにも、そうっと静かに音のしないようにしていました。こんな時には私はいつもあの美しいシャボン玉をこわさぬようにと思いました。そう思うから叱られても腹も立ちませんでした。

著述に熱心にふけっている時、よくありもしない物を見たり、聞いたり致しますので、私は心配のあまり、あまり熱心になりすぎぬよう、もう少し考えぬようにしてくれるとよいが、とよく思いました。松江の頃には私はまだ年は若いし、ヘルンは気が違うのではないかと心配致しまして、ある時西田さんにたずねた事がございました。あまり深く熱心になり過ぎるからであるという事が次第にわかって参りました。

怪談は大層好きでありまして、「怪談の書物は私の宝です」といっていました。私は古本屋をそれからそれへとだいぶ探しました。

淋しそうな夜、ランプの心《しん》を下げて怪談を致しました。ヘルンは私に物を聞くにも、その時にはことに声を低くして息を殺して恐ろしそうにして、私の話を聞いているのです。その聞いている風がまたいかにも恐ろしくてならぬ様子ですから、自然と私の話にも力がこもるのです。その頃は私の家は化物屋敷のようでした。私は折々、恐ろしい夢を見てうなされ始めました。この事を話しますと「それでは当分休みましょう」といって、休みました。気に入った話があると、その喜びは一方《ひとかた》ではございませんでした。

私が昔話をヘルンに致します時には、いつも始めにその話の筋を大体申します。

面白いとなると、その筋を書いておきます。それから詳しく話せと申します。それから幾度となく話させます。私が本を見ながら話しますと「本を見る、いけません。ただあなたの話、あなたの言葉、あなたの考えでなければ、いけません」と申しますゆえ、自分の物にしてしまっていなければなりませんから、夢にまで見るようになって参りました。

話が面白いとなると、いつも非常に真面目にあらたまるのでございます。顔の色が変わりまして目が鋭く恐ろしくなります。その様子の変わり方がなかなかひどいのです。たとえばあの『骨董』(14)の初めにある幽霊滝のお勝《かつ》さんの話の時なども、私はいつものように話して参りますうちに顔の色が青くなって目をすえているのでございます。いつもこんなですけれども、私はこの時にふと恐ろしくなりました。私の話がすみますと、初めてほっと息をつきまして、大変面白いと申します。「アラッ、血が」あれを何度も何度もくりかえさせました。どんな風をしていってたでしょう。その声はどんなでしょう。履物の音は何とあなたに響きますか。その夜はどんなでしたろう。私はこう思います、あなたはどうです、などと本に全くない事まで、いろいろと相談致します。二人の様子を外から見ましたら、全く発狂者のようでしたろうと思われます。

『怪談』(15)の初めにある芳一《ほういち》の話は大層ヘルンの気に入った話でございます。なかなか苦心致しまして、もとは短い物であったのをあんなに致しました。「門を開け」と武士が呼ぶところでも「門を開け」では強味がないというので、いろいろ考えて「開門」と致しました。この「耳なし芳一」を書いています時の事でした。日が暮れてもランプをつけていません。私はふすまを開けないで次の間から、小さい声で、芳一芳一と呼んでみました。「はい、私は盲目です、あなたはどなたでございますか」と内からいって、それで黙っているのでございます。いつも、こんな調子で、何か書いている時には、その事ばかりに夢中になっていました。またこの時分私は外出したおみやげに、盲法師の琵琶《びわ》を弾じている博多人形を買って帰りまして、そっと知らぬ顔で、机の上に置きますと、ヘルンはそれを見るとすぐ「やあ、芳一」といって、待っている人にでも会ったという風で大喜びでございました。それから書斎の竹籔で、夜、笹の葉ずれがサラサラと致しますと「あれ、平家が亡びて行きます」とか、風の音を聞いて「壇《だん》の浦《うら》の波の音です」と真面目に耳をすましていました。

　書斎で独りで大層喜んでいますから、何かと思って参ります。「あなた喜び下され、私今大変よきです」と子供のように飛び上がって、喜んでいるのでございます。何かよい思いつきとか考えが浮かんだ時でございます。こんな時には私もつい引き込まれて一緒になって、何という事なしに嬉しくてならなかったのでございました。

「あの話、あなた書きましたか」と以前話しました話の事をたずねました時に「あの話、兄弟ありません。もう少し時待ってです。よき兄弟参りましょう。私の引き出しに七年でさえも、よき物参りました」などと申していましたが、一つの事を書きますにも、長い間かかった物も、あるようでございました。

『骨董』のうちの「或る女の日記(16)」の主人は、ただヘルンと私が知っているだけでございます。二人で秘密を守ると約束しました。それから、この人の墓に花や香を持って、二人で参詣致しました。

「天の河(17)」の話でも、ヘルンは泣きました。私も泣いて話し、泣いて聴いて、書いたのでした。

『神国日本』[18]では大層骨を折りました。「この書物は私を殺します」と申しました。「こんなに早く、こんな大きな書物を書く事は容易ではありません。手伝う人もなしに、これだけの事をするのは、自分ながら恐ろしい事です」などと申しました。これは大学[19]を辞めてからの仕事でした。ヘルンは大学を辞められたのを非常に不快に思っていました。非常に冷遇されたと思っていました。普通の人に何でもない事でも、ヘルンは深く思い込む人ですから、感じたのでございます。大学には長くいたいという考えはもちろんございませんでした。あれだけの時間出ていては書く時間がないので困ると、いつも申していましたから、大学を辞められたという事でなく、辞められる時の仕打ちがひどいというのでございました。ただ一片の通知だけで解約をしたのがひどいと申すのでございました。

原稿がすっかりできあがりますと大喜びで固く包みまして(固く包む事が自

慢でございました。板など入れて、ちゃんと石のようにしておくのです）表書を綺麗に書きまして、それを配達証明の書留で送らせました。校正を見て、電報で「よろしい」と返事をしてから二、三日の後亡くなりました。この書物の出版は、よほど待ちかねて、死ぬ少し前に、「今あの『神国日本』の活字を組む音がカチカチと聞こえます」といって、できあがるのを楽しみにしていましたが、それを見ずに、亡くなりましたのはかえすがえす残念でございます。

ペンを取って書いています時は、目を紙につけて、えらい勢いでございます。こんな時には呼んでもわかりませんし、何があっても少しも他には動きませんでした。あのような神経の鋭い人でありながら、全く無頓着で感じない時があるのです。

ある夜十一時頃に、階段の戸を開けると、ひどい油煙の臭いが致します。驚いてふすまを開けますと、ランプの心が多く出ていて、ぽっぽっと黒煙が立ち上って、室内が煙で暗くなっています。息ができぬようですのに、知らないで一所懸命に書いているのです。私は急いで障子を明け放って、空気を入れなどして、「パパさん、あなたランプに火が入っているのを知らないで、あぶないでしたねー」と注意しますと「ああ、私なんぼ馬鹿でしたねー」と申しました。それで常には鼻の神経は鋭い人でした。

「パパ、カムダウン、サッパー、イズ、レディ」と三人の子供が上り段のところから、声を揃えて案内するのが例でした。いつも「オールライト、スウィートボーイス」といって、嬉しそうに、少し踊るような風で参りますのでございます。しかし一所懸命の時は、子供たちが案内致しましても、返事がありません。また「オールライト」と早く返事を致しません。こんな時には、待てども待てどもなかなか食堂に参りませんから、私がまた案内に行きます。「パパさんたくさん時待つと、皆の者加減悪くなります。願う、早く参りて下され。子供、皆待ち待ちです」「はー何ですか」などといっています。「あなた何ですか、いけません。食事です。あなた食事しませんか」「私食事しませんでしたか。私は済みましたと思う。おかしいですね」。こんな風ですから「あなた、少し夢から醒《さ》める、願うです。小さい子供泣きます」。ヘルンは「ごめんごめん」などいって、私に案内されて、食堂に参りますが、こんな時はいつも、トンチンカンでおかしいのです。子供にパンを分けてやる事など忘れて、自分で「ノウ」などと独り合点をしながら、急いで食べています。子供等がパンをと頼みますので、気がついて「やりませんでしたか。ごめんごめん」といって切り始めます。切りながら、また忘れて自分で食べたりなど致します。

食事の前に、ほんの少々ウイスキーを用います。晩年には、体のためにというので、葡萄酒《ぶどうしゅ》を用いていました。こんな時にはウイスキーを、葡萄酒と間違ってトクトクとコップについで呑みかけたり、コーヒーの中に塩を入れかけたり、などするのです。子供達から注意されて「本当です。なんぼパパ馬鹿ですね」などいいながらまた考えに入るのです。幾度も「パパさんもう、夢から醒めて下され」などと申します。

食物には好悪はございませんでした。日本食では漬物でも、刺身でも何でも頂きました。お菜から食べました、最後にご飯を一杯だけ頂きました。洋食ではプラムプディン(20)と大きなビステキ(21)が好きでございました。ほかには好きなものといえばまず煙草でした。

食事の時にはいろいろ話を致しました。パパは西洋の新聞などの話を致しますし、私は日本の新聞の話を致します。新聞は長い間『読売』と『朝日』を見てました。ちいさい「清[22]」が障子からのぞきます。猫が参ります。犬が窓下に参ります。自分の食べ物をそれぞれに分けてやります。なかなか愉快に食べました。それが済むといつも皆で唱歌などを歌いました。

よく独りで、何かしきりに喜んだり悲しんだりしていました。喜んで少し踊るようにして廊下を散歩している事もありますし、また独りで笑っている事もあります。私が聞きつけて「パパさん何面白い事ありますか」とたずねますと、こらえていたのが、破れたように大きい声になって大笑いなど致します。涙をこぼしてママさんママさんといって笑うのです。これは新聞にあったおかしかった事や、私の話した事などを思い出してであります。

あのように考え込んだり、怪談好きである事から、冗談など申さぬだろうと思われるようですけれども、折々上品な滑稽《こっけい》を申しました。「いつも先生に会うと、何か一つ冗談の出ない事はない」と申された方がございました。

面白い時には、世界中が面白く、悲しい時には世界中が悲しい、という風でございました。怪談の時でも、何の時でも、そうでしたが、もうその世界に入り、その人物になってしまうのでございました。話を聞いて感ずると、顔色から目の色まで変わるのでした。自分でもよく、何々の世界と、よく世界という言葉を申しました。

ヘルンの平常の話は、女のような優しい声でした。笑い方なども優しいのでしたが、しかし、ひどい意気込みになる人でしたから、優しい話のうちに、えらい勢いで驚くように力をこめていう事がありました。

笑う時にも二つあります。一つは優しい笑い方で、一つは何もかも打ち忘れて笑うのです。この笑いは一家中皆笑わせる面白そうな笑いで、女中までがもらい笑いを致しました。大学を辞めた時、日本に駐在でしたマクドーナルド(23)さんが横浜から日曜ごとにお出でになりました時などは、書斎からヘルンのこの笑い声が致しますので、家内中どんなにもらい笑いを致したか知れません。

書斎のテーブルの上に、法螺《ほら》貝が置いてありました。私が江の島に子供を連れて参りました時、大層大きいのを、おみやげに買って帰ったのでございます。ヘルンがこれを吹きますと、太い好い音が出ました。「私の肺が強いから、このような音」といって喜びました。「面白い音です」といって、頬をふくらまして、面白がって吹きました。それから煙草の火のなくなった時に、この法螺貝を吹くという約束を致しました。火がないと、これとポオー、ウオーというように、大きく波をうたせるようにして、長く吹くのです。そう致しますと、台所までも聞こえるのです。内をごく静かにして、コットリとも音をさせぬようにしているところです。そこへこの法螺貝の音です。夜などはことに面白いのでございます。私は煙草の火は絶やさないように、注意をしていましたが、自分で吹きたいものですから、少しでも消えるとすぐ喜んで吹きました。いかに面白いというので、書斎の近くに持って参っておりましても、吹いているのでございます。この音が致しますと、女中までが「それ、貝がなります」といって笑いました。

よく出来た物などを見ますとひどくそれに感じまして、ほめるのでございます。上野の絵の展覧会にはよく二人で参りました。書家の名など少しも頓着しないです。絵が気に入りますと、金がいくら高くても、安い安いと申すのです。「あなた、あの絵どう思いますか」と申しますから「おねだんあまり高いですね」と私は申します。金に頓着なく買おう買おうとするのを、少し恐れてこう返事を致すのでございます。すると「ノウ、私金の話でないです。あの絵の話です。あなた、よいと思いますか」「美しい、よい絵と思います」と申しますと「あなた、よいと思いますならば買いましょう。この価まだ安いです。もう少し出しましょう」というのです。よいとなると価よりもたくさん、金をやりたがったのです。そして早く早くといって、大急ぎで約定済の札をはってもらいました。

京都を二人で見物して歩きました時に、智恩院とか、銀閣寺とか、金閣寺とかに廻りました。五銭十銭という拝観料が大概きまっています。ヘルンは自分で気に入りますと、五十銭とか一円とか出そうというのです。そんな事には及びません、かえっておかしいと申しましても「ノウ、ノウ、私恥じます」と申しまして、聞き入れません。お寺でも変な顔して、お名前はなどと聞くのですが、もちろん申した事はございません。

松江にいました頃、あるお寺へ散歩致しまして、ここで小さい石地蔵を見て、大層気に入りまして、これは誰の作かと寺でたずねますと、荒川[24]と申す人の作という事がわかりました。この人は評判の偏人でございましたが、腕は大層確かであったそうです。学問のない、欲のない、いつも貧乏をしていながら、物を頼まれても二年も三年もかかっても、こしらえてくれない老人でございました。ヘルンは面白いというので、大きい酒樽を三度まで進物に致しました。それから宅に呼びましてご馳走をしたり、自分でその汚い家を訪ねて話など致しました。彫刻を頼んで、そんなに要らないというのをたくさんにやりました。しかし、宅にございますあの天智天皇の置物は、荒川の作にしては出来のよい方ではないが、ヘルンの申しましたこの「貧しい天才」を尊敬して買ったのでございます。

ある夏、二人で呉服屋へ二、三反の浴衣を買いに行きました。番頭がいろいろならべて見せます。それが大層気に入りまして、あれを買いましょうこれも買いましょうといって、引き寄せるのです。そんなにたくさん要りませんと申しましても「しかし、あなた、ただ一円五十銭あるいは二円です。いろいろの浴衣あなた着て下され。ただ見るさえもよきです」といって、とうとう三十反ばかり買って、店の小僧を驚かした事もあります。気に入るとこんな風ですから、ずいぶん変でございました。

浴衣はただ反物で見ているだけでも気持ちがよいと申しました。始めの好みは少し派手でしたが、後には地味な物になりました。模様は、波や蜘蛛の巣などがことに気に入りました、これを着ますと「ああ、あの浴衣ですね」などといって喜びました。日本人の洋服姿は好きませんでした。ことに女の方の洋服姿と、英語は心痛いと申しました。

ある時、上野公園の商品陳列所に二人で参りました。ヘルンはある品物を指して、日本語で「これは何程ですか」と優しくたずねますと、店番の女が英語でおねだんを申しました。ヘルンは不快な顔をして私の袖を引くのです。買わないであちらへ行きました。

早稲田大学に参るようになりました時、高田さんから招かれまして参りました。奥様が、玄関にお出迎え下さいまして「よくお出で下さいました」と仰って案内されたのが英語でなくて上品な日本語であって嬉しかったというので、帰りますと第一に靴も脱がずにその話を致しました。

『読売新聞』であったかと存じます、ある華族様のご隠居で、昔風がお好きで西洋風の大嫌いの方の話がありました。女中も帯は立て矢の字、髪は椎茸たぼのお殿風でございました。着物も裾長にぞろぞろ引きずって歩くのです。ランプも一切つけませんで源氏行灯です。シャボンも嫌い、新聞も西洋くさいというので、西洋くさい物は奉公人の末に到るまで使わせないのだそうです。こんな風ですから奉公人も嫌がって参りません。「あのお屋敷なら真平御免《まっぴらごめん》です」と申します事が記してございました。この話を致しますと、ヘルンは「いかに面白い」といって大喜びでした。「しかし私大層好きです、そのような人、私の一番の友達、私見る好きです。その家、私ぜひ見る好きです。私西洋くさくないです」といって大満足です。「あなた西洋くさくないでしょう。しかし、あなたの鼻」などと冗談申しますと「あ、どうしよう、私のこの鼻、しかしよく思うて下さい。私この小泉八雲、日本人よりも本当の日本を愛するです」などと申しました。

子供に白足袋《たび》をはかせるように申しました。紺足袋よりも白足袋が大層好きでございました。日本人のあの白足袋が着物の下から、チラチラとするのが面白いと申しました。

子供には靴よりも下駄をと申しました。自分の指を私に見せて、こんな足に子供のを致したくないと申しました。

ハイカラな風は大嫌いでした。日本服でも洋服でも、折目の正しいのは嫌いでした。物をごく構わない風でした。燕尾《えんび》服は申すまでもなく、フロックコートなど大嫌いでした。ワイシャツや、シルクハット、燕尾服、フロックコートは「なんぼ野蛮《やばん》の物」と申しました。

神戸から東京へ参ります時に、始めてフロックコートを作りました。それも私が大層頼みましてやっとこしらえてもらったのでございます。「大学の先生になったのですからフロックコートを一着持っておらねばなりません」と申しますと

「ノウ、外山《とやま》さん(25)に私申しました。礼服を私大層嫌います。礼服で出るようなところへ私出ませんが、よろしいですかといいました。それでよろしいですすと外山さんが約束しましたのですから、フロックコートいけません」というのです。しかしようやく一着フロックコートを作りましたが、それを着けましたのは、わずかに四、五度位でした。これを着る時はまた大騒ぎです。いやだいやだというのです。「この物、私好きない物です、ただあなたのためです。いつでも外にの時、あなたいう、新しい洋服、フロックコート、皆私嫌いの物です。冗談でないです。本当です」などいっていやがりますけれど、私は参らねば悪いであろうと心配しまして、気の毒だと存じながら四、五度ばかり勧めて着せました。自分がフロックコートを着るのはあなたの過ちだと申していました。

ある時、冗談に「あなた日本の事を大変よく書きましたから、天子様、あなたほめるためお呼びです、天子様に参る時、あのシルクハット、フロックコートですよ」と申しますと「それでは真平御免」と申しました。この真平御免という言葉は前の西洋嫌いの華族の隠居様の話で覚えたのです。マッピラという音が面白いというので、しきりに真平という事を申しました。

外出の時はいつも背広《せびろ》でございましたが、洋服よりも日本服、別して浴衣が大好きでした。傘もステッキももった事はございません。散歩の途中雨にあっても平気で帰るのですが、あまりはげしいとどこででも車を見つけて乗ってかえりました。靴は兵隊靴です。流行には全く無頓着でした。「日本の労働者の足は西洋人のよりも美しい」と申しました。西洋よりも日本、この世よりも夢の世が好きであったろうと思います。休む時には必ず「プレザント、ドリーム」とお互いに申します。私の夢の話が大層面白いというので喜ばれました。

ワイシャツやカラーなどは昔から着けなかったようです。フロックコートを、仕方なく着ける時でもカラはごく低い折襟でした。一種の好みは万事につけてあったのですが、自分の服装は少しも構わない無雑作なのが好きでした。シャツと帽子とは、飛びはずれて上等でした。シャツは横浜へわざわざ参りまして、フラネルのを一ダースずつあつらえて作らせました。帽子はラシャの鍔広《つばひろ》のばかりを買いましたが、上等物品を選びました。

うわべの一寸《ちょっと》美しいものは大嫌い。流行にも無頓着。当世風は大嫌い。表面の親切らしいのが大嫌いでした。悪い方の目に「入墨」[26]をするのも、歯を脱いてから入歯をする事も、皆虚言《うそ》つき大嫌いといって聞き入れませんでした。耶蘇の坊さんには不正直なにせ者が多いというので嫌いました。しかし聖書は三部も持っていまして、長男にこれはよく読まねばならぬ本だとよく申しました。

日本のお伽噺《とぎばなし》のうちでは『浦島太郎』が一番好きでございました、ただ浦島という名を聞いただけでも「ああ浦島」と申して喜んでいました。よく廊下の端近くへ出まして「春の日の霞める空に、すみの江の……」と節をつけて面白そうに毎度歌いました。よく暗唱していました。それを聞いて私も諳《そら》んずるようになりました程でございます。上野の絵の展覧会で、浦島の絵を見まして値も聞かないで約束してしまいました。

「蓬莱《ほうらい》」が好きで、絵が欲しいと申しまして、いろいろ見たり、描いてもらったりしたのですが皆満足しませんでした。

熱い事が好きですから、夏が一番好きでした。方角では西が一番好きで書斎を西向きにせよと申したくらいです。夕焼けがすると大喜びでした。これを見つけますと、すぐに私や子供を大急ぎで呼ぶのでございます。いつも急いで参るのですが、それでもよく「一分後れました、夕焼けとなりました。なんぼ気の毒」などと申しました。子供等と一緒に「夕焼け少しだめ、明日、天気になーれ」と歌ったり、または歌わせたり致しました。

焼津などに参りますと海浜で、子供や乙吉《おときち》(27)などまで一緒になって「開いた開いた何の花開いた、蓮華の花開いた……」の遊戯を致しまして、子供のように無邪気に遊ぶ事もございました。

「廣瀬中佐は死したるか」と申す歌も、子供等と一緒に声を揃えて大元気で、歌いました。室内で歌ったり、子供の歌っているのを書斎で聞いて喜んだり、子供の知らぬ間にそっと出かけて一緒に歌ったり致しました。先年三越で福井丸の船材で造った物を売り出した時に巻煙草入れを買って帰りました。その日に偶然へルンの書いておきました「廣瀬中佐の歌」が出ましたから私は不思議に思いまして、それをちょうどその箱に納めておきました。

発句を好みまして、これもたくさん覚えていました。これにも少し節をつけて廊下などを歩きながら、歌うように申しました。自分でも作って芭蕉などと冗談いいながら私に聞かせました。どなたが送って下さいましたか『ホトトギス』を毎号頂いておりました。

奈良漬の事をよく「由良《ゆら》」(28)と申しました。これは二十四年の旅の時、由良で食べた奈良漬が大層おいしかったので、それから奈良漬の事を由良と申していました。

熊本を出まして、これから関西から隠岐などを旅行しようとする時です。九州鉄道のどの停車場でございましたか、汽車が行き違いに着きまして、四、五分、互いに停まりました時に、向うの汽車の窓から私共を見た男の目が非常に恐ろしいすごい目でした。「ああ、えらい目だ」と思っていると、私共の汽車は走ってしまったのですが「今の目を見ましたか」とヘルンは申しました。「汽車の男の目」という事を後まで話しました。

角力《すもう》は松江で見ました。谷《たに》の音《おと》(29)が大関で参りました。西洋のより面白いと申していたようでした。谷の音という言葉はよく後まで出まして、肥《ふと》ったという代わりに「谷の音」と申すのでございます。

芝居はアメリカで新聞記者をしている時分に毎日のように見物したと申していました。有名な役者は皆お友達で交際し、楽屋にも自由に出入りしたので、芝居の事を学問したと申していました。日本では芝居を見たのはわずか二度しかないのです。それは松江と京都で、ほんのちょっとでした。長い間人込みの中でじっとして見物している事は苦痛だと申しました。しかし、よい役者のよい芝居は子供等にも見せてよろしいと申しまして、よく芝居を見に行くように私に勧めました。團十郎《だんじゅうろう》の芝居には必ず参るように勧めました。その日の見物や舞台の模様から何から何まで、細かい事まで詳しく話しますのが私のおみやげで、ヘルンは熱心にこれを喜んで聞いてくれました。團十郎にはぜひ会って芝居の事について話を聞いてみたいと申していましたが、果たさないうちに團十郎は亡くなりました。

晩年には日本の芝居の事を調べてみたいと申していました。三十三間堂の事を調べてくれと私に申した事もございました。これから少しずつ自伝を書くのだと申しました。その方は断片で少しだけでもできていますが芝居の方は少しもできぬうちに亡くなりました。

私はよく朝顔の事を思い出します。だんだん秋も末になりまして、青い葉が少しずつ黄ばんで、もはやただ末の方に一輪心細げに咲いていたのです。ある朝それを見ました時に「おお、あなた」というのです。「美しい勇気と、いかに正直の心」だというので、ひどくほめていました。枯れようとする最後まで、こう美しく咲いているのが感心だ。ほめてやれ、と申すのでございます。その日朝顔はもう花も咲かなくなったから邪魔だというので、宅の老人が無造作に抜き取ってしまいました。翌朝ヘルンが垣根のところに参って見るとないものですから、大層失望して気の毒がりました。「祖母さんよき人です。しかしあの朝顔に気の毒しましたね」と申しました。

子供が小さい汚れた手で、新しい綺麗なふすまを汚した事があります。その時「私の子供あの綺麗をこわしました、心配」などといった事もありました。美しい物を破る事を非常に気に致しました。一枚五厘の絵草紙を子供が破りましても、大切にして長く持てば貴い物になると教えました。
　祭礼などの時には、いつももっと寄付をせよと申しました。少し尾籠《びろう》なお話ですが、松江で借家を致しました時、掃除屋から、その代りに薪《まき》（米でなく）を持って来てくれた話を聞いてヘルンは大層驚いて「私恥じます、これから一回一円ずつおやりなさい」と申して聞き入れなかった事がございました。

　ヘルンはよく人を疑えと申しましたが、自分は正直すぎる程だまされやすい善人でございました。自分でもその事を存じていたものですからそんなに申したのです。一国者であった事は前にも申しましたが、外国の書肆《しょし》(30)などと交渉致します時、なにぶん遠方の事ですからいろいろ行きちがいになる事もございますし、その上こんな事につけては万事が凝り性ですから、挿画の事やら表題の事やらで向こうではいちいちヘルンに案内なしにきめてしまうような事もありますので、こんな時にヘルンはよく怒りました。向こうからの手紙を読んでから怒ってはげしい返事を書きます、すぐに郵便に出せと申します。そんな時の様子がすぐにわかりますから「はい」と申しておいてその手紙を出さないでおきます。二、三日致しますと怒りが静まってその手紙はあまりはげしかったと悔やむようです。「ママさん、あの手紙出しましたか」と聞きますから、わざと「はい」と申しいります。本当に悔やんでいるようですから、ヒョイと出してやりますと、大層喜んで「だから、ママさんに限る」などと申して、やや穏かな文句に書き改めて出したりしたようでございます。

活発な婦人よりも優しい淑《しと》やかな女が好きでした。目なども西洋人のように上向きでなく、下向きに見ているのを好みました。観音様とか、地蔵様とかあのような目が好きでございました。私共が写真をとろうとする時も、少し下を向いて写せと申しましたが、自分のも、そのようになっているのが多いのでございます。

長男が生まれる前に子供が愛らしいというので、子供を借りて宅においていた事もありました。

長男が生まれようとする時には大層な心配と喜びでございました。私に難儀させて気の毒だという事と、無事で生まれて下されという事を幾度《いくたび》も申しました。こんな時には勉強しているのが一番よいと申しまして、離れ座敷で書いていました。初めてうぶ声を聞いた時には、何ともいえない一種妙な心持ちがしたそうです。その心持ちは一生になかったといっていました。赤ん坊と初対面の時には全く無言で、ウンともスンともいわないのです。後に、この時には息がなかったと申しました。よくこの時の事を思い出して申しました。

それから非常に可愛がりました。その翌年独りで横浜に参りまして（一人旅は長崎に一週間程のつもりで出かけて、一晩でこりごりしたといって帰った時と、これだけでした）いろいろのおもちゃをたくさん買って大喜びで帰りました。五円十円という高価の物を思い切ってたくさん買って参りましたので一同驚きました。

ヘルンは朝起きも早い方でした。年中、元日もかかさず、朝一時間だけは長男に教えました。大学に出ております頃は火曜日は八時に始まりますからこの日に限り午後に致しました。大学まで車で往復一時間ずつかかります。昼のうちは午後二時か三時頃から二時間程散歩をするか、あるいは読書や手紙を書く事や講義の準備などで費しまして、筆をとるのは大概夜でした。夜は大概十二時まで執筆していました。時として夜眠られない時起きて書いている事もございました。

壽々子[31]の生まれました時には、自分は年を取ったからこの子の行先を見てやる事がむずかしい。「なんぼ私の胸痛い」と申しまして、喜ぶよりも気の毒だといって悲しむ方が多《おお》ございました。

私の外出の日はヘルンの学校の授業時間の一番多い日（木曜日）にきめていました。前日にはよく外に出かけてよいおみやげを下さいと親切に注意致しました。「歌舞伎座に團十郎、大層面白いと新聞申します。あなたぜひに参る、と、話のおみやげ」など申します。そしていつも「しかし、あなたの帰り十時十一時となります。あなたの留守、この家私の家ではありません。いかにつまらんです。しかし仕方がない。面白い話で我慢しましょう」と申しました。

晩年には健康が衰えたと申していましたが、淋しそうに大層私を力に致しまして、私が外出する事がありますと、まるで赤ん坊の母を慕うように帰るのを大層待っているのです。私の足音を聞きますと、ママさんですかと冗談などいって大喜びでございました。少しおくれますと車が覆ったのであるまいか、途中で何か災難でもなかったかと心配したと申しておりました。

抱車夫《かかえしゃふ》を入れます時に「あの男おかみさん可愛がりますか」とたずねます。「そうです」と申しますと「それなら、よい」と申すのです。

ある方をヘルンは大層ほめていましたが、この方がいつも奥様にこわい顔を見せておられる。これが一つ気にかかると申していました。

亡くなる少し前に、ある名高い方から会見を申しこまれていましたが、この方と同姓の方で、英国で大層ある婦人に対して薄情なような行いがあったとか申す噂《うわさ》の方がありましたのでヘルンはその方かと存じまして断ろうと致しておりました。しかし、それは人違いであった事がわかりまして、いよいよ会う事になっていましたが、それは果たさずに亡くなりました。すべて女とか子供とかいう弱い者に対してひどい事をする事を何よりも怒りました。いちいち申されませんが、ヘルンが大層親しくしていました方で後にそれ程でなくなったのは、こんな事が原因になっているのが幾人《いくにん》もございます。日本人の奥様を捨てたとか、何とかそれに類した事をヘルンは怒ったのでございます。

ヘルンは私共妻子のためにどんなに我慢もし、心配もしてくれたかわかりません。気の毒な程心配をしてくれました。帰化《きか》の事でも好まない奉職の事でも皆そうでございました。

電車などは嫌いでした。電話を取りつける折は度々ございましたが、何としても聞き入れませんでした。女中や下男は幾人でも増すから、電話だけは止めにしてくれと申しました。その頃大久保へは未だ電灯や瓦斯《ガス》は参っておりませんでしたが、参っていても、とても取り入れる事は承知してくれなかったろうと存じます。電車には一度も乗った事はございません。私共にも乗るなと申していました。

汽車も嫌いで焼津《やいづ》に参りますにも汽車に乗らないで、歩いて足の疲れた時に車に乗るようにしたいという希望でしたが、七時間の辛抱というので汽車に致しました。汽車という物がなくて歩くようであったら、なんぼ愉快であろうと申していました。船はよほど好きでした。船で焼津へ行かれるものなら喜ぶと申していました。

ヘルンが日本に参ります途中どこかで大荒れで、甲板の物は皆洗いさらわれてしまう程のさわぎで、水夫なども酔ってしまったが酔わない者は自分一人で、平気で平常のように食事の催足をすると船の者が驚いていたと話した事がありました。

灯台の番人をしながら著述をしたいものだとよく申しました。

ある時散歩から帰りまして、私に喜んで話した事がございます。「千駄ケ谷《せんだがや》の奥を散歩していますと、一人の書生さんが近よりまして、少し下手の英語で、『あなた、何処《どこ》ですか』と聞きますから『大久保』と申しました。『あなた国何処です』『日本』ただこれきりです。『あなた、どこの人ですか』『日本人』書生もう申しません、不思議そうな顔していました。私の後について参ります。私、言葉ないです。ただ歩く歩くです。書生、私の門まで参りました。門札を見て『はあ小泉八雲、小泉八雲』といいました」といって面白がっていました。

「アメリカにいる時、ある日、知らぬ男参りまして、私のある書物をしばらく貸してくれと申しますので貸しました。私その人の名前をききません。またその男、私の名前をききません。一年余り過ぎて、ある日その人その書物を返しに参りました。大きい料理屋に案内しました。そして大層ご馳走しました。しかし誰でしたか、私今に知らないです」と話した事がありました。

煙草に火をつける時マッチをすりましたら、どんな拍子《ひょうし》でしたかマッチ箱にぼっと燃えついたそうです。床は綺麗なカーペットになっていたので、それを痛めるのは気の毒だと思いまして、下に落とさぬようにして手でもみ消したそうでございました。そのために火傷いたしまして、長く包帯して不自由がっていた事がございました。

ヘルンの好きな物をくりかえして、ならべて申しますと、西、夕焼、夏、海、遊泳、芭蕉、杉、淋しい墓地、虫、怪談、浦島、蓬莱などでございました。場所では、マルティニークと松江、美保《みほ》の関《せき》、日御碕《ひのみさき》、それから焼津、食物や嗜好品ではビステキとプラムプーデン、(32)と煙草。嫌いな物は、うそつき、弱いものいじめ、フロックコートやワイシャツ、ニュ・ヨーク、そのほかいろいろありました。まず書斎で浴衣を着て、静かに蝉の声を聞いている事などは、楽しみの一つでございました。

三十七年九月十九日の午後三時頃、私が書斎に参りますと、胸に手をあてて静かにあちこち歩いていますから「あなたお悪いのですか」とたずねますと「私、新しい病気を得ました」と申しました。「新しい病、どんなですか」とたずねますと「心の病です」と申しました。私は「あまりに心痛めましたからでしょう。安らかにしていて下さい」と慰めまして、すぐに、かねてかかっていました木澤さん[33]のところまで、二人引きの車で迎えにやりました。ヘルンは常々自分の苦しむところを、私や子供に見せたくないと思っていましたから、私に心配に及ばぬからあちらに行っているようにと申しました。しかし私は心配ですから側にいますと、机のところに参りまして何か書き始めます。私は静かに気を落ちつけているように勧めました。ヘルンはただ「私の思うようにさせて下さい」と申しまして、すぐに書き終わりました。「これは梅さん[34]にあてた手紙です。何か困難な事件の起こった時に、よき知恵をあなたに貸しましょう。この痛みも、もう大きいの、参りますならば、たぶん私、死にましょう。そのあとで、私死にますとも、泣く、決していけません。小さい瓶買いましょう。三銭あるいは四銭位のです。私の骨入れるのためにに。そして田舎の淋しい小寺に埋めて下さい。悲しむ、私喜ぶないです。あなた、子供とカルタして遊んで下さい。いかに私それを喜ぶ。私死にましたの知らせ、要りません。もし人がたずねましたならば、はああれは先頃なくなりました。それでよいです」

私は「そのような哀れな話して下さるな、そのような事、決してないです」と申しますと、ヘルンは「これは冗談でないです。心からの話。真面目の事です」と力をこめて、申しまして、それから「仕方がない」と安心したように申しまして、静かにしていました。

ところが数分たちまして痛みが消えました。「私行水《ぎょうずい》をしてみたい」と申しました。冷水でとの事で湯殿に参りまして水行水を致しました。

　痛みはすっかりよくなりまして「奇妙です、私今十分よきです」と申しまして「ママさん、病、私から行きました。ウイスキー少しいかがですか」と申しますから、私は心臓病にウイスキー、よくなかろうと心配致しましたが、大丈夫と申しますから「少し心配です。しかし大層欲しいならば水を割ってあげましょう」と申しまして、与えました。コップに口をつけまして「私もう死にません」といって、大層私を安心させました。この時、このような痛みが数日前に初めてあった事を話しました。それから「少し休みましょう」と申しまして、書物を携えて寝床の上に横になりました。

　そのうちに医師が参られました。ヘルンは「私、どうしよう」などと申しまして、書物を置いて客間に参りまして、医師に会いますと「ごめんなさい、病、行ってしまいました」といって笑っていました。医師は診察して別に悪いところは見えません、と申されまして、いつものように冗談などいって、いろいろ話をしていました。

ヘルンはもともと丈夫の質でありまして、医師に診察して頂く事や薬を服用する事は、子供のように嫌がりました。私が注意しないと自分では医師にかかりません。ちょっと気分が悪い時に私がお医者様にという事を少しいいおくれますと、「あなたがお医者様忘れましたと、大層喜んでいたのに」などと申すのでございました。

ヘルンは書いている時でなければ、室内を歩きながら、あるいは廊下をあちこち歩きながら、考え事をしているのです。病気の時でも、寝床の中に長く横になっている事はできない人でした。

亡くなります二、三日前の事でありました。書斎の庭にある桜の一枝がかえり咲きを致しました。女中のおさき（焼津の乙吉の娘）が見つけて私に申し出ました。私のうちでは、ちょっと何でもないような事でも、よく皆が興に入りました。「今日籔に小さい筍が一つ頭をもたげました。あれご覧なさい、黄な蝶が飛んでいます。一雄が蟻の山を見つけました。蛙が戸に上って来ました。夕焼けがしています。だんだん色が美しく変わっていきます」。こんな些細な事柄を私のうちでは大事件のように取り騒ぎましていちいちヘルンに申します。それを大層喜びまして聞いてくれるのです。可笑《おか》しいようですが、大切な楽しみでありました。蛙だの、蝶だの、蟻、蜘蛛、蝉、筍、夕焼けなどはパパの一番のお友達でした。

日本では、返り咲きは不吉の知らせ、と申しますから、ちょっと気にかかりました。けれどもヘルンに申しますと、いつものように「ありがとう」と喜びまして、縁の端近くに出かけまして「ハロー」と申しまして、花を眺めました。「春のように暖いから、桜思いました、ああ、今私の世界となりました、で咲きました、しかし……」といって少し考えていましたが「かわいそうです、今に寒くなります、驚いてしぼみましょう」と申しました。花は二十七日一日だけ咲いて、夕方にはらはらと淋しく散ってしまいました。この桜は年々ヘルンに可愛がられて、ほめられていましたから、それを思ってお暇乞《いとまごい》を申しに咲いたのだと思われます。

ヘルンは早起きの方でした。しかし、私や子供の「夢を破る、いけません」というので私が書斎に参りますまで火鉢の前にキチンと座りまして、静かに煙草をふかしながら待っているのが例でした。

あの長い煙管《キセル》が好きでありまして、百本程もあります。一番古いのが日本に参りました年ので、それから積もり積もったのです。いちいち彫刻があります。浦島、秋の夜のきぬた、茄子、鬼の念仏、枯れ枝に鳥、払子《ほっす》、茶道具、去年今夜の詩、などのは中でも好きであったようです。これでふかすのが面白かったようです。外出の時は、かますの煙草入れに鉈豆《なたまめ》のキセルを用いましたが、うちでは箱のようなものに、この長い煙管をつかねて入れ、多くの中から、手にふれた一本を抜き出しまして、必ず始めにちょっと吸口と雁首《がんくび》とを見て、火をつけます。座布団の上に行儀よく座って、楽しそうに体を前後にゆるくゆりながら、ふかしているのでございます。

亡くなった二十六日の朝、六時半頃に書斎に参りますと、もうさめていまして、煙草をふかしています。「お早うございます」と挨拶を致しましたが、何か考えているようです。それから「昨夜大層珍しい夢を見ました」と話しました。

私共は、いつもお互いに夢話を致しました。「どんな夢でしたか」とたずねますと「大層遠い、遠い旅をしました。今ここにこうして煙草をふかしています。旅をしたのが本当ですか、夢の世の中」などと申しているのです。「西洋でもない、日本でもない、珍しいところでした」といって、独りで面白がっていました。

三人の子供達は、床につきます前に、必ず「パパ、グッドナイト、プレザント、ドリーム」と申します。パパは「ザ、セーム、トウ、ユー」または日本語で「よき夢見ましょう」と申すのが例でした。

この朝です。一雄が学校へ参ります前に、側に参りまして「グッド、モーニング」と申しますと、パパは「プレザント、ドリーム」と答えましたので、一雄もつい「ザ、セーム、トウ、ユー」と申したそうです。

この日の午前十一時でした。廊下をあちこち散歩していまして、書院の床に掛けてある絵をのぞいて見ました。これは「朝日」と申します題で、海岸の景色で、たくさんの鳥が起きて飛んで行くところが描いてありまして夢のような絵でした。ヘルンは「美しい景色、私このようなところに生きる、好みます」と心を留めていました。

掛物をよく買いましたが、自分からこれを掛けてくれあれを掛けよ、とは申しませんでした。ただ私が、折々掛けかえておきますのを見て、楽しんでいました。お客様のようになって、見たりなどして喜びました。地味な趣味の人であったと思います。お茶も好きで喜んで頂きました。私が致していますと、よくお客様になりました。いちいち細かな儀式は致しませんでしたが、大体の心はよく存じて無理は致しませんでした。

ヘルンは虫の音を聞く事が好きでした。この秋、松虫を飼っていました。九月の末の事ですから、松虫が夕方近く切れ切れに、少し声を枯らして鳴いていますのが、いつになく物哀れに感じさせました。私は「あの音を何と聞きますか」と、ヘルンにたずねますと「あの小さい虫、よき音して、鳴いてくれました。私なんぼ喜びました。しかし、だんだん寒くなって来ました。知っていますか、知っていませんか、すぐに死なねばならぬという事を。気の毒ですね、可哀そうな虫」と淋しそうに申しまして「この頃の暖かい日に、草むらの中にそっと放してやりましょう」と私共は約束致しました。

桜の花の返り咲き、長い旅の夢、松虫は皆何かヘルンの死ぬ知らせであったような気が致しまして、これを思うと、今も悲しさにたえません。

午後には満洲軍の藤崎さん[35]に書物を送ってあげたいが何がよかろう、と書斎の本棚をさがしたりして、最後に藤崎さんへ手紙を一通書きました。夕食をたべました時には常よりも機嫌がよく、冗談などいいながら大笑いなど致していました。「パパ、グッドパパ」「スウイト・チキン」と申し合って、子供等と別れて、いつものように書斎の廊下を散歩していましたが、小一時間程して私の側に淋しそうな顔して参りまして、小さい声で「ママさん、先日の病気また帰りました」と申しました。私は一緒に参りました。しばらくの間、胸に手をあてて、室内を歩いていましたが、そっと寝床に休むように勧めまして、静かに横にならせました。間もなく、もうこの世の人ではありませんでした。少しも苦痛のないように、口のほとりに少し笑を含んでおりました。天命ならば致し方もありませんが、少しく長く看病をしたりして、いよいよ駄目とあきらめのつくまで、いてほしかったと思います。あまりあっけのない死に方だと今に思われます。

落合橋を渡って新井の薬師のあたりまでよく一緒に散歩をした事があります。その度ごとに落合の火葬場の煙突を見て今に自分もあの煙突から煙になって出るのだと申しました。

平常から淋しい寺を好みました。垣の破れた草の生いしげった本堂の小さい寺があったら、それこそヘルンの理想でございましたろうが、そんなところも急には見つかりません。墓も小さくして外から見えぬようにしてくれと、平常申しておりましたが、ついに瘤寺で葬式をして雑司ヶ谷《ぞうしがや》の墓地に葬る事になりました。

瘤寺は前に申したようなわけで、ヘルンの気に入らなくなったのですが、以前からの関係もあり、またその後浅草の伝法院の住職になった人と交際があった縁故から、その人を導師として瘤寺で式を営む事になりました。ヘルンは禅宗が気に入ったようでした。小泉家はもともと浄土宗ですから伝通院がよかったかも知れませんが、なにぶんその当時はだいぶ荒れていましたので、そこへ参る気にはなりませんでした。お寺へ葬りましても墓地はすぐに移転になりますので、どうしても不安心でなりませんから割合に安心な共同墓地へ葬る事に致しました。青山の墓地はあまりにぎやかなので、ヘルンは好みませんでした。

雑司ヶ谷の共同墓地は場所も淋しく、形勝の地でもあるというので、それにする事に致しました。一体雑司ヶ谷はヘルンが好んで参りましたところでした。私によいところへ連れて行くと申しまして、子供と一緒に雑司ヶ谷へつれて参った事もございました。面影橋という橋の名はどうして出たかと聞かれた事もございました。鬼子母神《きしもじん》のあたりを散歩して、鳥の声がよいがどう思うかなどと度々申しました。関口から雑司ヶ谷にかけて、大層よいところだが、もう二十年も若ければこの山の上に、家をたてて住んでみたいが残念だ、などと申した事もございました。

表門を作り直すために、亡くなる二週間程前に二人で方々の門を参考に見ながら雑司ヶ谷あたりを散歩を致したのが二人で外出した最後でございました。その門は亡くなる二日前程から取りかかりまして亡くなってから葬式の間に合うように急いで造らせました。

# オヂイ様のはなし

私の子供の時にお友達の家へ行くと、そこの老人からよくお祖父様《じい》の話を聞かされました。

あなたのお祖父様は忠義なえらい方でございました。私はそう聞くと自分がほめられた様にほこりを感じてなんとなく愉快でした。母方のお祖父さん、塩見増右エ門様(1)は役のついている家老で、禄高は千何百石。召使は三十人近く。屋敷は殿町《とのまち》二の丸のお堀の前でした。(私が国にいる頃には勧業場《かんこうば》(2)になっていました。殿町は大きい士《さむらい》の屋敷のある所で、それで殿町と申したそうです)塩見の屋敷には狐や狸が住んでいて、それが折々化けていたずらをしたという噂《うわさ》なども残っています。それほどに広い境内(3)でした。増右エ門様の夫人は賢夫人でした。このお祖母《ばあ》様はよく知っています。晩年は自分の孫の嫁入り先、日御碕《ひのみさき》の小野さんへ行っておられましたが、よほど修養のできていた人で九十才ちかくて死去されました。夫婦の間に五人の子供がありました。四人の男と一人の娘です。その娘の十幾才の時でした。

増右エ門様はご用で江戸に上っておられました。平和な留守宅ではまいにちのように夫や父や主人の噂をしながらご帰国を待っていました。

ところがある日、突然江戸から何百里へだたった松江へ、早打ち(4)が到着しました。江戸で大事件が起こったために。「増右エ門様俄《にわか》に病死」という知らせです。お国では重い役についており、ご家老の待遇をうけている大切な人です。

増右エ門様の死について調べたら、いろいろな事を教えられましょう。しかし、私共には詳しい事はわかりません。その頃はどういう世の中であったでしょうか。私のあたまに塩見増右エ門と考えるとすぐに、「松平出羽守《でわのかみ》ヤンチャ殿様」という事が思い浮かびます。事の起こりは暴君の我《わが》ままからです。出羽守の我ままは目にあまったという事です。ちょうどその頃、黒船がしきりに来て、将軍家へ難題を申すということで、国々の大名までも油断をせぬように用心堅固《ようじんけんご》でいねばならぬ時であったし、また度々《たびたび》いろいろな御布令《おふれ》が出ていたそうです。

そんな時であるのに、出羽守は謹みのない我ままぜいたくが増長しています。品川に御下屋敷《おんしもやしき》があったそうです。そこへ五階だての家を建てたり、そこへ望遠鏡だとか、オランダものなどを集めたり、そうして日々酒もりがあります。暴君にありがちな随分ひどい酒と女と乱暴についての話が残っています。また赤坂の本邸では陽気な馬鹿噺《ばかばなし》をさしたとか、山王祭には邸内を山車《だし》に通したとかいうようなハデな話も残っています。

出羽守はヤンチャ殿様です。馬鹿ではない。至らなかったかも知れませぬ。よくはなかった。そして自分には将軍家の先祖の家康の血が流れているというほこりもあった。将軍家と同じ葵《あおい》の御紋《ごもん》をつけている公方《くぼう》と親類の大名であり、天子様のご即位の時には将軍の御名代で参内をされたそうです。そんな事も我まま増長の基になったという事を聞いています。ヤンチャ殿様は将軍家のオキテにそむく事も多かったそうです。将軍家からおとがめがありそうになって来るし、またそのぜいたくの費用も大そうなものであったそうです。また江戸にばかりいて御《お》国《くに》入りがないので、出雲の方では政治が乱れます。それで御国も亡《ほろ》ぶかと思われました。

出羽守の前にはへつらいの家来が多かった。かげぐちをいうものも多かった。

心配をしているものも多かった。（パパさんの[5]申されたヒキョウ者が多かった）そうこうしている内に、だんだん御家《おいえ》がみだれます。家老の塩見増右エ門はこれを見のがす事ができない人でした。御前に出て諫《いさ》められました。元よりかたい決心の上の事です。しかし殿様はお聞入れがない。増右エ門は御附《おつ》きの役家老です。お聞入れにならぬからといって、そのままにしておく事はできませんでした。再びご諫言《かんげん》を申し上げられました。出羽守はまだお聞入れがない。お祖父様は三度目の諫言を決心されました。三度目の諫言とはおそろしい諫言です。増右エ門様が最後の諫言を申し上げて退出いたされました時、出羽守は急いで御近侍《きんじ》のものをお呼びになったそうです。そうして今の増右エ門はただならぬけしきであった。呼び戻すようにと仰せられたそうです。それで家来が急いで家老の詰所《つめしょ》に参りました。襖《ふすま》がかたく閉めてあったそうです。其内《そのうち》には役家老塩見増右エ門はこの世の人ではなかったそうです。なぜならば増右エ門は、かげ腹を切って其上《そのうえ》を白木《も》綿《めん》一匹でかたく巻き付けて御前に出で、死をもってご諫言を申し上げたのです。

出羽守はすぐ御国入りを仰せ出されました。出雲ではにわかのこの御国入りを聞いて、わき返るさわぎであったそうです。増右エ門長男小兵衛は、安来《やすぎ》までお出むかえをしていました。城下はずれの津田の松原でむかえるのが定まりであるのに、国境の安来まで行っておむかえをしていたので、出羽守はお喜びになったというお噂でした。

出羽守は国に帰ると間もなく国守《こくしゅ》の位を退き、頭をそって出家の姿となって謹慎されました。多分ある家老の切腹に対しては安んじている事ができなかったのです。

そのころ雲州家のこの秘密は江戸の町々にも知れわたり、線香山という題で講談に上り、三本杉家老鏡といって劇にも仕組まれたという事です。

私の十九才の時、松江の劇場でお芝居が興行されかかりました。松江の町々をふれて歩いたのを聞いて驚かされました。芝居の初日に松江の旧士族が数十人幕が開いたのをきっかけに、舞台の上に登り、旧藩主をはずかしめる不都合千万な奴だというてひどく怒ってやめるように命じました。その頃は殿様と士族との間の情合がまだありました。明治二十九年夏の末、私は昔の江戸、今の東京に住む事になりました。パパ、私、一雄の三人で。三十年の二月、巖《いわお》(6)が生まれました。その翌年の秋でした。ふと私は江戸に塩見のお祖父様のお墓のあるという事を思いました。

それからお墓に参りたいという気がしきりに起こりました。しかし、お墓のありかがわかりません。やっと赤坂にある事をたしかめ、いとこのおれんさんと二人でお寺に行きました。ところが、住職もお墓の在所を知っていません。私がとうとう見つけました。かなり大きなお墓です。土台がかたむき石塔が斜めになっていました。忠義な家老の墓、線香山といわれたお墓も永い永い間、一人のお参りするものもなく、無縁の墓として残っています。線香をあげお花をたて拝しているうち私は涙ぐましくなり、また善い気もちがしました。私は早速お墓をまっすぐに直す事を申しつけました。私はご位牌が本堂にありはしないかと思いました。位牌堂には段の上にたくさんの位牌が並んでいました。住職は位牌はありますまいと申しました。しかし私はあるという気がしました。そして、あれば大きい御厨子《みずし》に相違ないと、そう思ってさがすと一番上の段の右端にほこりにまみれて大きい御厨子がありました。私はすぐ心を打たれました。それをおろしてとびらを開けると、三本杉の紋があらわれました。御位牌の金色は新しく光っています。永い間扉がとじられていたためでありましょう。その年が五十年忌に相当していましたので、不思議な巡り合わせのように感じ、またお祖父様がおよびになったように感じました。塩見増右エ門も位牌、お墓、それは間もなく無くなる事でしょう。塩見増右エ門切腹の話は、出雲にしばらくは残りましょう。しかし、その噂をする人もいつかはなくなって終《しま》いましょう。塩見家の遺族も今はちりちりばらばらです。

（大正十一年七月十八日）

# 幼少の頃の思い出

今日は夕方から雪が降りだし、今夜は大分《だいぶ》つもるらしい。外はしんとしてしとしと雪が降っている。雪がふるといつも思う私の十三の頃の事を。

私のちいさい時の記憶ではお父さんやお祖父《じい》さんが鏡台に向かってまげを結っておられる姿、鎧櫃《よろいびつ》に刀掛、玄関にかかっている槍《やり》、馬小屋、三角形の山に積み上げられた米俵、米つき場、広い畑、竹藪、いろいろの出入りもの男女。お正月の事はことになつかしく思い出される。まだ薄暗い頃、出入りものが門をたたいて来る。講武《こうぶ》の利八、古志原《こしばら》の金五郎親子三人、娘のおらくはきれいな女で愛きょうものであった。その他二、三人のものがはればれした顔してやって来て、餅つきなどをする、部屋に残らず新しい土器に燈心《とうしん》で明かりがつく、神様棚はこれよりの事。

お正月三ヶ日の間は祖父、父上は麻上下《あさがみしも》、母上は黒紋付。食器は定紋付の一式。私はこれでお雑煮をいただくのが非常に嬉しかったが、いつも三ヶ日がすむと土蔵に納められるのが淋しかった。年始客にはいちいち御三方《さんぼう》が出た。御三方出しには若い未婚の娘が来る事になっていた。大勢の出入り者は広い台所で陽気にお酒を呑んで喜んで帰ったものであった。

私の記憶でいちばん古いのは満二年の誕生日に乳母と別れた時の事で、部屋の襖《ふすま》の模様、うばうばと呼んだ私の声、呼んだのに乳母がいなかった事をはっきりと覚えている。その後乳母に折々会った事を思い出す。お乳母は何か事情があったとみえて出入りを差し止められていたので、内緒で途中で私をだき上げて可愛《かわい》がってくれた事を思い出す。（私が後年、お乳母の事をしきりに思い出してヘルンに話したら、私と同じ様な気持ちになって、その乳母をさがそうとしたけれども、もう行方《ゆくえ》がわからなかった）

四つの歳の秋に、私の帯なおしが祝われた。その時は余程にぎやかであったと思われる。障子《しょうじ》も襖も開け放たれて家中人で一ぱいになっていたようだった。お客様では小泉様が一番えらかった。皆から尊敬されていた。私もえらい人だと思っていた。その小泉様は私の実父であった。私は生まれて八日目に稲垣家にもらわれて行った。

小泉様はお番頭《ばんがしら》で、藩中で働ける人物であったので禄は五百石であったが、千五百石の江戸家老塩見増右エ門の一人娘を妻としていた。増右エ門という人は江戸詰の役家老で、瑶光院《ようこういん》(1)様を諌《いさ》めて切腹した人でえらい人、増右エ門様の夫人もまたえらい人であった。小泉の実母は藩中で有名な美しいお嬢様で、音楽の天才で、草双紙の精通者であった。稲垣家で小泉家を尊敬すること非常なもので、また稲垣家で私を大切にする事も格別であった。

私はもらい子であるという事は三つ位の時から知っていたが、もらい子という事を思うのは一番いやな事で、ほんとに不愉快きわまる事であった。実父母とはとてもくらべものにならぬ程に養い育ててもらった祖父、父母が大切でまたよかった。それは今に至るまで少しのかわりもない。姉と弟はその後絶交し、実母にさえもやや反感を持っている。実父は男らしい好い人であったと今になつかしさをそそられる。

明治の何年であるか今一寸《ちょっと》わからぬけれども何でも私の身体がよほど小さい、地の上一尺ほどの小ささであった様に思われるが、たぶん五つ六つ位であったろうかと思われる。その頃ワレット[2]という唐人[3]（仏人であったそう）が来て調練という事が始まったある日、私は母上に連れられて親類の人々と一緒にその調練と唐人を見に行った。大勢の人がだぶだぶしただん袋[4]で、そして下駄ばきであっちへ行ったりこっちへ来たりする行列が向こうへ行く時には小さく見える。まただんだん大きく来る家のお父さん、また小泉様のおじさまを見たいと思ってさがしたが見えなかった。そうする内に私のいるすぐ前に唐人が来た。赤い髪の毛で丈が高いので驚いて見上げていた。私に並んでいた信喜代《のぶきよ》という四つ上の親類の男の子は、こわがって声を上げて泣いてお祖母《ばあ》さんにしがみ付いた。私は少しもこわいと思わなかった。ただ目を見張ってあきれて見上げていた。その時にその唐人が何だか言って、笑って私の髪の毛を撫《な》でた。私はやはり唐人の顔を見ていた。そうすると大きなその人の手が私の手に来て何だか持たせた。私は非常に嬉しくてそれをもらった。ただぼんやりあっけに取られて、その人の後ろ姿を見送った。太鼓の音がひとしきり面白そうにひびいた。その唐人はワレットであった。私がもらったのは小さい虫眼鏡であった。その虫眼鏡は日本にはない非常に良いものだという事を、お父さんやお母さんが話し合った。そして自分達がしまっておいてやると申されたが、私は渡す事をこばんだ。私はその眼鏡を喜び、またその眼鏡をくれた唐人は非常に良い人だと思った。皆が唐人はこわいと思っているらしかったが、泣いた信喜代は馬鹿だなとその後思うようになった。ワレットは出雲に来た初めての異国人であったであろう。その人から小さい私が特に見出されて進物を受け、私が西洋人に対して深い厚意を持った因縁になったのは、不思議であったと今も思われる。私がもしもワレットから小さい虫眼鏡をもらっていなかったら、後年ラフカヂオ・ヘルンと夫婦になる事もあるいはむずかしかったかもしれぬ。その虫眼鏡はそれ以来今日までなお私の手に保存されている。今後私の死ぬまでは。ワレットはその後どうなったか、あの時の出来心の小さい進物、小さい子供への愛情の影響がかなり大きかった事を知らずにこの世を去ったに相違ない。

小さい私が可愛がられほめられだんだん成長していく。世の中はだんだん物騒に不安になっていく。

小泉のおじさんは稲垣家でも評判がよく、折々噂《うわさ》に上った。なんでもその頃、おじさんは隊長さんであったそうな。そしてその号令は余程《よほど》よかったらしい。小泉様の号令で軍隊がピリッと引きしまるという事であった。家のお祖父さんはよくいわれた、どうしてああいう声が出るのか三里四方にひびくというておられた。

(今考えると随分大きい事を言っていたものだと可笑《おか》しくなる)

その頃「小泉羽山が調練するその勇ましさ」という流行歌が一時盛りであったそうな。わざわざ号令を聞きに行く人々も随分あったらしい。狐までが調練のまねをするというような事が話されていた。夜になるとあんどんがともる。その後暗いかげでいろいろなお話を聞く。世の中がだんだんむつかしくなってくる事を小耳にはさむ。

# 脚注

**【思ひ出の記】**

（1）**ヘルン**：ラフカディオ・ハーン（Lafcadio Hearn）、小泉八雲のこと。一八九〇（明治二十三）年、ハーンが英語教師として島根県で採用が決まった際、県の事務官・毛利八弥が雇い入れ条約書に「ラフカヂオ・ヘルン」と綴ったのが元となり、以降、とくに松江では「ヘルン」として親しまれた。セツはハーンの話す日本語を「ヘルン言葉」と呼んだ。

（2）**伯耆**：旧国名。現在の鳥取県西部。

（3）**中学**：島根県尋常中学校のこと。

（4）**師範**：島根県師範学校のこと。

（5）**西田**：西田千太郎《にしだせんたろう》（一八六二―一八九七）。松江中学校教諭、校長心得。ハーンが心から信頼した友人で、公私にわたって支えた協力者。結核を患い、三十四歳という若さで没した。

（6）**高田さん**：高田早苗《たかたさなえ》（一八六〇―一九三八）。早稲田大学学監。東京大学解雇後まもないハーンを、坪内逍遥と共に早稲田大学へ招聘した。

（7）**籠手田さん**：籠手田安定《こてだやすさだ》（一八四〇―一八九九）。一八九〇（明治二十三）年に、ハーンを島根県尋常中学校および島根県師範学校の英語教師として迎え入れた島根県知事。

（8）**一国な気性**：頑固な気性。

（9）**キュルク抜き**：「コルク抜き」のこと。

（10）**西印度**：カリブ海域に位置する西インド諸島のこと。ハーンは来日前の一八八七年からおよそ二年間、マルティニーク島をはじめとする（当時、仏領）西インド諸島に滞在し、クレオール文化の調査研究、取材活動をおこなった。

（11）**杵築の大社**：出雲大社のこと。

（12）**耶蘇**：イエス・キリストおよびキリスト教のこと。

（13）**一雄**：小泉一雄《こいずみかずお》（一八九三―一九六五）。ハーンとセツの長男。のちに父の遺稿の整理、書簡集の編集などに携わる。著書に『父「八雲」を憶う』など。

(14)**『骨董《こっとう》』**：原題は「*Kottô*」(The Macmillan Co.,1902)。九編の再話文学と十一編の随想から構成される。

(15)**『怪談』**：原題は「*Kwaidan*」(Houghton,Mifflin and Co.,1904)。八雲の再話文学のジャンルにおける最高傑作とされる。

(16)**「或《あ》る女の日記」**：原題は「*A Woman's Diary*」。『骨董』の中の一編。小泉家に長く奉公していた女中が嫁ぎ先で見つけた先妻の日記を元に作品にした。

(17)**「天《あま》の河《がわ》」の話**：『天の河縁起』(原題「*The Romance of the Milky Way*」Houghton,Mifflin and Co.,1905) のこと。天の河にまつわる伝承と詩歌を集め綴られたものの一編。ハーンの没後、一九〇五(明治三十八)年十月に出版された遺稿集。

(18)**『神国日本』**：『日本―ひとつの解明』(原題「*Japan An Attempt at Interpretation*」The Macmillan Co.,1904) のこと。日本人の宗教観や文化を欧米に紹介する日本文化論。ハーンの遺作となった。

(19)**大学**：東京帝国大学文科大学のこと。

(20)**プラムプディン**：プラム・プディング (plum pudding) のこと。イギリスやアイルランドでクリスマスに食べられる伝統的なお菓子。ハーンは取り寄せるほど愛したお菓子だった。

(21)**ビステキ**：明治時代に使われた「ビーフステーキ」の略語。同時代の小説『野分』(夏目漱石、一九〇七年) や随筆『墨汁一滴』(正岡子規、一九〇一年) においても「ビステキ」という呼称が登場する。

(22)**清**：小泉《こいずみ》清《きよし》(一八九九―一九六二)。ハーンとセツの三男。一九二二(大正十一)年、東京美術学校を中途退学し、以後独学で洋画を学ぶ。

(23)**マクドーナルド**：ミッチェル・C・マクドナルド (Mitchell Charles McDonald：一八五三―一九二三)。米国海軍の主計官。日本時代のハーンと親密な交友を続け、ハーンの没後は小泉家の遺産管理人として遺族の支えになった。

(24) **荒川**：荒川《あらかわ》亀斎《きさい》（一八二七—一九〇六）。松江出身の彫刻家。一八九〇（明治二十三）年、市内を散歩中のハーンは龍昌寺にある石地蔵に魅了される。すぐに作者の荒川亀斎を訪ね、二人は美術論で意気投合、以後しばらく交流が続くこととなる。

(25) **外山さん**：外山《とやま》正一《まさかず》（一八四八—一九〇〇）。東京帝国大学文科大学長。一八九六（明治二十九）年、神戸クロニクルを退社したハーンを帝国大学の英文学講師として招聘した。

(26) **入墨**：ここでは、義眼をはめることだと思われる。

(27) **乙吉**：山口《やまぐち》乙吉《おときち》（一八五六—一九二二）。夏の間、ハーンが焼津（静岡県）に滞在していた家で、魚屋を営んでいた。ハーンは乙吉を「神様のような人」として慕い、作品「乙吉のだるま」（『日本雑記』一九〇一年）を残している。

(28) **由良**：現在の鳥取県東伯郡北栄町の一部にあたる。

(29) **谷の音**：谷ノ音《たにのおと》喜市《きいち》（一八六七—一九二二）。松江出身の大相撲力士。最高位は関脇。

(30) **書肆**：出版社または書店のこと。

(31) **壽々子**：小泉《こいずみ》壽々子《すずこ》（一九〇三—一九四四）。ハーンとセツの長女。わずか一歳の時に、ハーンが亡くなる。

(32) **プラムプーデン**：(20) 参照。

(33) **木澤さん**：木澤《きざわ》敏《さとし》。全生病院院長でハーンの主治医。ハーンの臨終を看取り、死亡診断書を書いた。

(34) **梅さん**：梅《うめ》謙次郎《けんじろう》（一八六〇—一九一〇）。松江出身の法学者、教育者。梅がセツの遠戚にあたることもあり、ハーンは全幅の信頼をおいていた。ハーンの葬儀では葬儀委員長をつとめた。

(35) **藤崎さん**：藤崎《ふじさき》八三郎《はちさぶろう》（一八七五—一九五一）。旧姓、小豆澤。松江出身で島根県尋常中学時代のハーンの教え子。陸軍工兵大佐。日露戦争の時、満州軍にいた藤崎にあてた手紙がハーンの絶筆となる。

**【オギイ様のはなし】**

（1）**増右エ門：**正式には「増右衛門」だが、ここでは原文に倣って「増右エ門」とする。

（2）**勧業場：**勧工場のこと。現在のショッピングセンターの原型ともいえる店舗形態。

（3）**境内：**ここでは、家の敷地のこと。

（4）**早打ち：**馬を馳せて急を知らせること。また、その使者。

（5）**パパさん：**ヘルンのこと。

（6）**巌：**稲垣巌《いながきいわお》（一八九七―一九三七）。ハーンとセツの次男。セツの養家を継いで、四歳で稲垣姓となった。

**【幼少の頃の思い出】**

（1）**瑤光院：**松平家松江藩九代藩主の松平斉貴（一八一五―一八六三）のこと。大名茶人で有名な松平不味（治郷）は斉貴の祖父にあたる。

（2）**ワレット：**フレデリック・ヴァレット（Frédéric Valette：一八三四―没年不詳）。フランスで生まれ、一八七〇（明治三）年に砲兵軍曹として来日。廃藩により翌年に松江を去った。

（3）**唐人：**外国人のこと。

（4）**だん袋：**袴を改良したズボン。幅が広くゆったりとしている。

# 小泉家関係系図

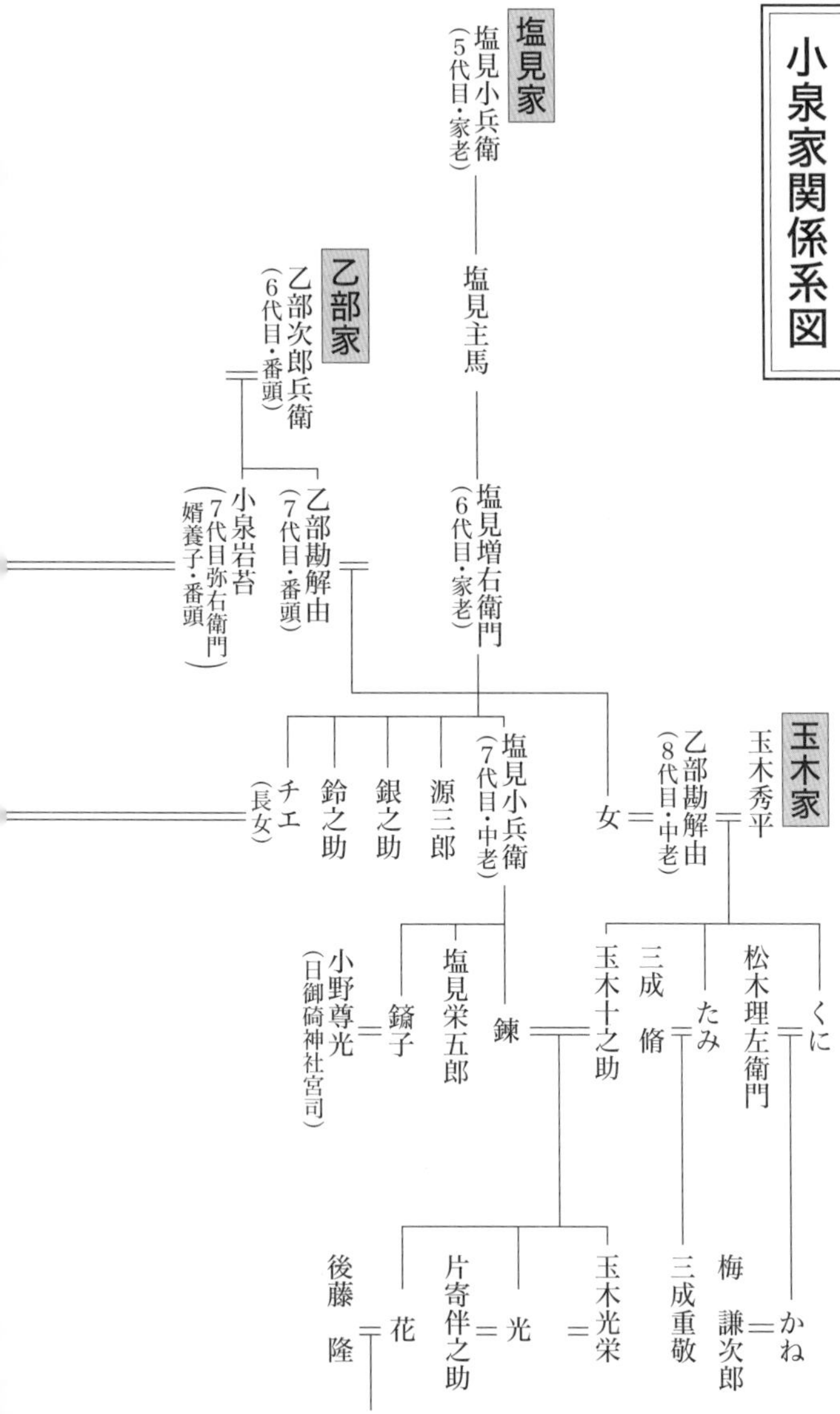

塩見家
塩見小兵衛（5代目・家老）
塩見主馬
塩見増右衛門（6代目・家老）
乙部家
乙部次郎兵衛（6代目・番頭）
乙部勘解由（7代目・番頭）
小泉岩苔（7代目弥右衛門 婿養子・番頭）
玉木家
玉木秀平
乙部勘解由（8代目・中老）
女
塩見小兵衛（7代目・中老）
源三郎
銀之助
鈴之助
チエ（長女）
くに
松木理左衛門
たみ
三成 脩
玉木十之助
鍊
塩見栄五郎
鐐子
小野尊光（日御碕神社宮司）
かね
梅 謙次郎
三成重敬
玉木光栄
光
片寄伴之助
花
後藤 隆

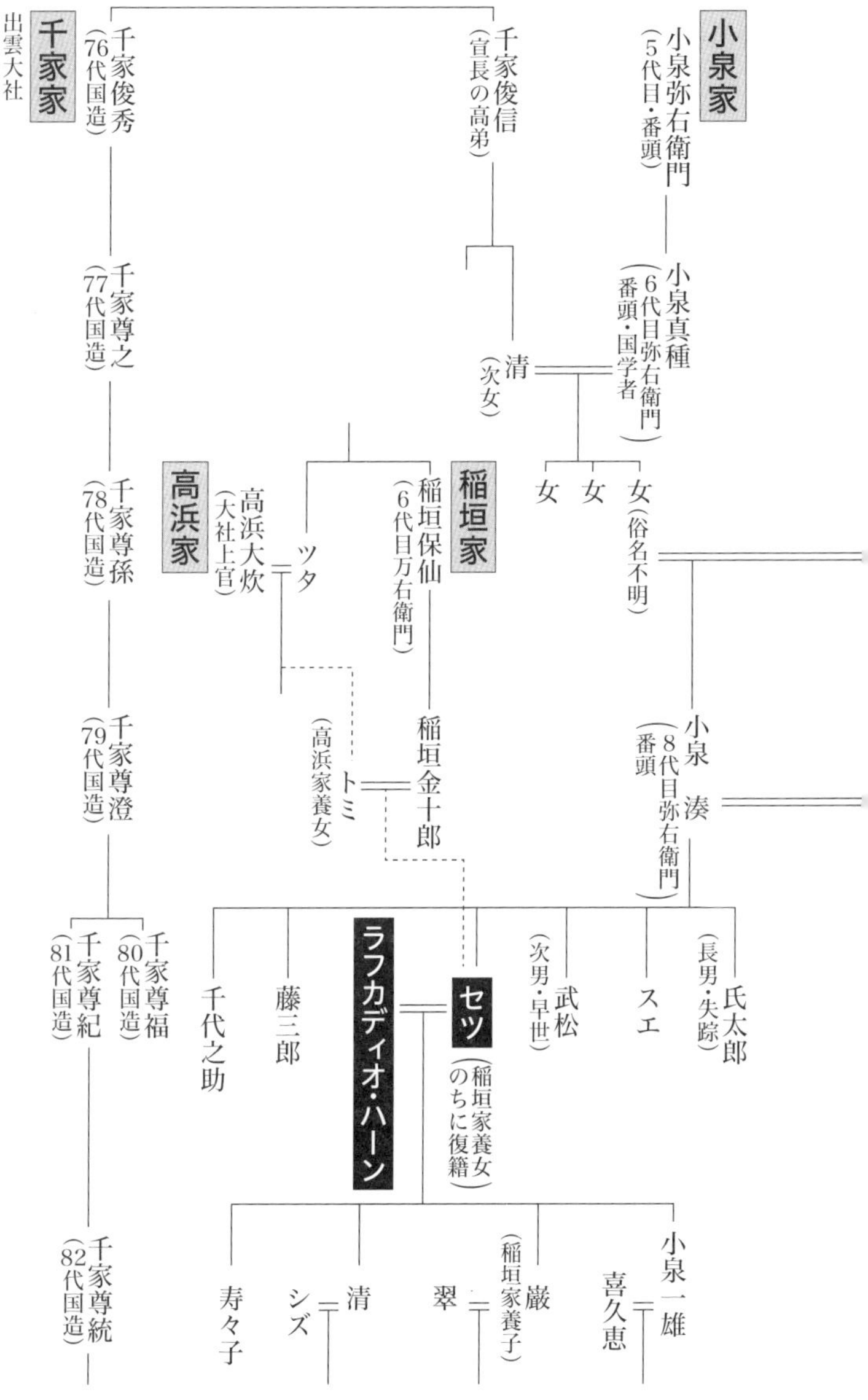
小泉家
小泉弥右衛門（5代目・番頭）
小泉真種（6代目弥右衛門 番頭・国学者）
千家俊信（宣長の高弟）
清（次女）
千家家
出雲大社
千家俊秀（76代国造）
千家尊之（77代国造）
千家尊孫（78代国造）
千家尊澄（79代国造）
千家尊福（80代国造）
千家尊紀（81代国造）
千家尊統（82代国造）
女
女
女（俗名不明）
稲垣家
稲垣保仙（6代目万右衛門）
高浜家
高浜大炊（大社上官）
ツタ
トミ（高浜家養女）
稲垣金十郎
小泉 湊（8代目弥右衛門 番頭）
氏太郎（長男・失踪）
スエ
武松（次男・早世）
セツ（稲垣家養女 のちに復籍）
ラフカディオ・ハーン
藤三郎
千代之助
小泉一雄
喜久恵
巌（稲垣家養子）
翠
清
シズ
寿々子

# 小泉セツ 年譜

| 西暦 | 和暦 | 年齢 | セツ | ヘルン（ラフカディオ・ハーン、小泉八雲） | 参考事項 |
| --- | --- | --- | --- | --- | --- |
| 1868 | 慶應4<br>明治元 | 0 | 2月4日、小泉家でセツ誕生（南田町）<br>お七夜の頃、縁戚にあたる稲垣家（内中原町）の養女となる（養父母：稲垣金十郎、トミ） | | 明治維新 |
| 1869 | 明治2 | 1 | | 9月 移民船でアメリカに渡り、シンシナティに行く | |
| 1871 | 明治4 | 3 | ワレットより虫眼鏡をもらう<br>帯直しの祝 | | ワレット（1870・4〜1871・7在松） |
| 1872 | 明治5 | 4 | | | 廃藩置県により松江城廃城 |
| 1874 | 明治7 | 6 | | シンシナティ・エンクワイアラー社の正式社員となる<br>マティと結婚<br>エンクワイアラー社を解雇され、シンシナティ・コマーシャル社に移る | |
| 1875 | 明治8 | 7 | 実父湊、養父金十郎共に家禄奉還<br>湊は後に機織の会社を興す | | |
| 1876 | 明治9 | 8 | 内中原小学校に入学<br>稲垣家の零落で城下町の西の外れに転居（中原町48番地） | | 当時の小学校は6月と11月に進級試験 |
| 1877 | 明治10 | 9 | | シンシナティからニューオーリンズに移り、デイリー・シティ・アイテム紙に職を得る | |

| | | | | | |
|---|---|---|---|---|---|
| 1879 | 明治12 | 11 | 6月 義務教育と定められていた小学校下等教科を卒業。経済的理由から上等教科へは進めず、機織子となる | | |
| 1881 | 明治14 | 13 | | タイムズ＝デモクラット紙の文藝部長として迎えられる | |
| 1884 | 明治17 | 16 | | 6月『異邦文学残葉』出版 | |
| 1885 | 明治18 | 17 | | 『ゴンボ・ゼーブ』『クレオール料理』出版 | |
| 1886 | 明治19 | 18 | 鳥取の士族 前田為二（入り婿、稲垣家養嗣子）と結婚 | | |
| 1887 | 明治20 | 19 | 5月 実父・小泉湊死去<br>無財産、借金等稲垣家の実態を知り夫・為二出奔 | 2月『中国霊異談』出版<br>マルティニークに向かい2年間滞在する | |
| 1889 | 明治22 | 21 | | 9月『チータ』出版 | |
| 1890 | 明治23 | 22 | 1月 離婚届が正式に受理（1月13日）<br>稲垣家を去り、実家の小泉家へ復籍 | 3月『仏領西インド諸島の二年間』出版<br>5月『ユーマ』出版<br>バンクーバーから日本に向けて出港し、4月4日に日本到着<br>8月30日 松江へ（島根県尋常中学校及び師範学校の英語教師） | |
| 1891 | 明治24 | 23 | ヘルンの所で住み込みで働くようになる<br>6月22日 北堀町の根岸邸（現・小泉八雲旧居）へ引越<br>8月14日～29日 ヘルンと2人で伯耆方面へ旅行<br>11月15日 熊本へ転居 | 11月 熊本・第五高等中学校へ転任 | |
| 1892 | 明治25 | 24 | 4月 ヘルンと2人だけで博多へ旅行<br>7月16日～9月10日 ヘルンと関西及び隠岐方面へ旅行 | | |
| 1893 | 明治26 | 25 | 1月頃からヘルンがセツの英語の授業を始める<br>11月17日 長男・一雄誕生 | | |
| 1894 | 明治27 | 26 | | 9月『知られぬ日本の面影』出版 | |

| 西暦 | 和暦 | 年齢 | セツ | ヘルン（ラフカディオ・ハーン、小泉八雲） | 参考事項 |
|---|---|---|---|---|---|
| 1894 | 明治27 | 26 | 10月 熊本を離れ神戸へ転居 | 10月 神戸クロニクル社に転職 | 日清戦争 |
| 1895 | 明治28 | 27 | 8月27日 セツを戸主とする小泉の分家を立てる<br>10月3日 島根県知事宛にセツから「外国人入夫結婚」の願いを提出<br>11月6日 ヘルンの帰化申請提出。その後数回、神戸市役所職員がセツに種々の尋問を行う | 3月『東の国から』出版 | |
| 1896 | 明治29 | 28 | 2月12日頃 ヘルンの日本国籍取得と法的結婚<br>2月13日 一雄を長男として正式に入籍する<br>6月26日 帰化報告のためヘルンと共に松江に帰省<br>8月23日 夕刻、神戸に帰着<br>9月7日 ヘルンと共にセツ上京（本郷・三好屋に宿泊）<br>9月28日 牛込区市ヶ谷富久町21番地の借家に移る | 2月 帰化手続きが完了し「小泉八雲」と改名<br>3月『心』出版<br>9月 帝国大学英文学科講師の辞令発令により上京 | |
| 1897 | 明治30 | 29 | 2月15日 次男・巌誕生<br>3月15日 西田千太郎が死去（34歳）<br>8月 静岡へ海水浴に行く（舞阪、浜松を経て焼津に逗留） | 9月『仏の畑の落穂』出版 | |
| 1898 | 明治31 | 30 | 1月23日 養祖父・稲垣万右衛門が松江市内中原町の自宅で死去（80歳） | 11月『異国風物と回顧』出版 | |
| 1899 | 明治32 | 31 | 夏 焼津滞在中のヘルンと子供たちを迎えに行く<br>12月20日 三男・清誕生 | 9月『霊の日本』出版 | |
| 1900 | 明治33 | 32 | 11月19日 養父・稲垣金十郎死去（59歳） | 7月『影』出版 | |
| 1901 | 明治34 | 33 | 1月頃 ヘルン、セツへの英語学習再開<br>9月24日 次男・巌（4歳）に稲垣家を継がせるため、トミの養子にする | 10月『日本雑記』出版 | |

| | | | | | |
|---|---|---|---|---|---|
| 1902 | 明治35 | 34 | 3月19日 豊多摩郡西大久保村字仲通り265番地に転居する | 10月『骨董』出版 | |
| 1903 | 明治36 | 35 | 春 ヘルンに頼まれ、一雄を伴い古本を求め浅草の浅倉書店へ行き、『狂歌百物語』を購入<br>9月10日 長女・寿々子誕生 | 東京帝国大学から解雇通知を受け取り、3月末、講師を辞す | |
| 1904 | 明治37 | 36 | 8月26日 セツ、清と寿々子を連れて焼津へ行き、その後家族揃って帰京<br>9月26日 ヘルン心臓病で急逝（54歳）<br>9月30日 瘤寺でヘルンの葬儀 | 4月『怪談』出版<br>早稲田大学講師として招聘され、3月9日より出勤<br>9月26日 心臓発作を起こし午後8時過ぎに息を引き取る<br>9月『日本―ひとつの解明』出版 | 日露戦争 |
| 1905 | 明治38 | 37 | 「思ひ出の記」執筆<br>一雄と共に箱根に滞在中のチェンバレンを訪ね、ヘルンの版権及び印税について相談 | 10月 遺稿集『天の河縁起』出版 | |
| 1906 | 明治39 | 38 | エリザベス・ビスランド編著『ラフカディオ・ハーンの伝記と書簡』がホートン・ミフリンから出版され、収益は小泉家に贈呈される。「思ひ出の記」の一部が英訳、収録される | | |
| 1908 | 明治41 | 40 | ミッチェル・マクドナルドがグールドに対して訴訟を起こして勝訴し、ヘルンのアメリカ時代の蔵書（526冊）を取り戻す | | |
| 1910 | 明治43 | 42 | ビスランド編『ジャパニーズ・レターズ』が出版される | | |
| 1911 | 明治44 | 43 | ビスランド（ウェットモア）、夫と共に来訪 | | |
| 1912 | 明治45<br>大正元 | 44 | 1月 実母・小泉チエが大阪にて死去<br>8月 養母・稲垣トミ死去（74歳） | | |
| 1914 | 大正3 | 46 | 7月 田部隆次著『小泉八雲』（「思ひ出の記」収録）出版 | | 第一次世界大戦 |

| 西暦 | 和暦 | 年齢 | セツ | ヘルン（ラフカディオ・ハーン、小泉八雲） | 参考事項 |
|---|---|---|---|---|---|
| 1915 | 大正4 | 47 | ビスランド、夫と共に再訪 | | |
| 1918 | 大正7 | 50 | 「思ひ出の記」英訳本がホートン・ミフリン社から出版 | | |
| 1923 | 大正12 | 55 | 9月1日 関東大震災発生（ミッチェル・マクドナルドが震災で死去・69歳）<br>関東大震災の後、ヘルンの蔵書を旧制富山高等学校（現・富山大学）へ一括して譲渡（2435冊） | | |
| 1924 | 大正13 | 56 | 6月10日 旧制富山高等学校「ヘルン文庫」開設<br>セツ松江に帰省（稲垣家の菩提寺である松江の万寿寺に実の父母の墓を建てるため）。その際、根岸邸の復元された北庭を確認 | | |
| 1930 | 昭和5 | 62 | 6月4日 ボナー・フェラーズが夫人と来訪 | | |
| 1931 | 昭和6 | 63 | セツ、脳溢血で倒れるが、その後回復 | | |
| 1932 | 昭和7 | 64 | 1月下旬 セツ再度脳溢血で倒れる<br>2月18日 セツ死去（64歳）<br>東京都豊島区雑司ヶ谷霊園のヘルンの墓の傍らに埋葬される | | |

資料提供　小泉八雲記念館

「思ひ出の記」　　底本「小泉八雲全集　別冊」第一書房
（一九二七年十二月二十日発行）
「オヂイ様のはなし」　池田記念美術館所蔵
「幼少の頃の思い出」　池田記念美術館所蔵

○原則として底本に従いましたが、旧字・旧仮名づかいは新字・現代仮名づかいに改めました。また、読みにくい漢字にふりがなを加え、明らかな誤植と思われる箇所は訂正しました。
○現在の人権意識からすると不当・不適切と思われる語句や表現がありますが、時代的な背景と作品の価値を鑑み、一部原文のままとしました。

思《おも》ひ出《で》の記《き》

2024年9月26日　第1版第1刷発行
2024年12月25日　　　　　第3刷発行

著者　小泉節子《こいずみせつこ》（小泉セツ）

監修　小泉八雲記念館
協力　一般社団法人八雲会

カバー挿絵　Soh

装丁　宮廻由希子
組版　永島千恵子

発行　ハーベスト出版
〒690-0133 島根県松江市東長江町902-59
TEL 0852-36-9059 FAX 0852-36-5889

印刷　株式会社谷口印刷

定価はカバーに表示してあります。
落丁本、乱丁本はお取替えいたします。
Printed in Japan
ISBN978-4-86456-533-2 C0095